共和国的历程

以打促谈

志愿军发起反夏秋季攻势作战

台运真　编写

蓝天出版社　吉林出版集团有限责任公司

图书在版编目（CIP）数据

以打促谈：志愿军发起反夏秋季攻势作战 / 台运真编写.
—北京：蓝天出版社，2014. 1（2023.3重印）
（共和国的历程）
ISBN 978-7-5094-1094-3

Ⅰ. ①以… Ⅱ. ①台… Ⅲ. ①革命故事－作品集－中国－当代 Ⅳ.
①I247. 8

中国版本图书馆 CIP 数据核字（2013）第 305460 号

以打促谈——志愿军发起反夏秋季攻势作战

编　　写：台运真
策　　划：金永吉　荆忠峰
责任编辑：祖　航　梅广才
出版发行：蓝天出版社　吉林出版集团有限责任公司
地　　址：北京市复兴路 14 号
邮　　编：100843
电　　话：010—66983715
经　　销：全国新华书店
印　　刷：北京柏玉景印刷制品有限公司
开　　本：710mm×1000mm　1/16
字　　数：69 千
印　　张：8
版　　次：2014 年 4 月第 1 版
印　　次：2023 年 3 月第 3 次
定　　价：29. 80 元

前　言

　　中华人民共和国自 1949 年 10 月 1 日成立以来，已走过了六十多年的风雨历程。历史是一面镜子，我们可以从多视角、多侧面对其进行解读。然而有一点是可以肯定的，那就是，半个多世纪以来，在中国共产党的领导下，中国的政治、经济、军事、外交、文化、教育、科技、社会、民生等领域，都发生了深刻的变化，中国人民站起来了，中华民族已屹立于世界民族之林。

　　这段时间放到整个历史长河中是短暂的，有如弹指一挥间，但它带给中国的却是极不平凡的。六十多年里神州大地经历了沧桑巨变。从开国大典到 60 年国庆盛典，从经济战线上的三大战役到经济总量居世界前列，从对农业、手工业、资本主义工商业的三大改造到社会主义市场经济体制的基本确立，从宜将剩勇追穷寇到建立了强大的国防军，从废除一切不平等条约到独立自主的和平外交政策，从"双百"方针到体制改革后的文化事业欣欣向荣，从扫除文盲到实施科教兴国战略建设新型国家，从翻身解放到实现小康社会，凡此种种，中国人民在每个领域无不留下发展的足迹，写就不朽的诗篇。

　　六十几年在历史的长河中犹如沧海一粟，但对身处其间的个人却是并非无足轻重的。其间究竟发生了些什么，怎样发生的，过程怎样，结果如何，非人人都清楚知道的。对此，亲身经历者或可鲜活如昨，但对后来者却可能只是一个概念，对某段历史的记忆影像或不存在或是模糊的。基于此，为了让年轻人，特别是青少年永远铭记共和国这段不朽的历史，我们推出了这套《共和国的历程》。

《共和国的历程》虽为故事形式，但与戏说无关，我们是想借助通俗、富于感染力的文字记录这段历史。这套丛书汇集了在共和国历史上具有深刻影响的重大历史事件。在丛书的谋篇布局上，我们尽量选取各个时代具有代表性的或深具普遍意义的若干事件加以叙述，使其能反映共和国发展的全景和脉络。为了使题目的设置不至于因大而空，我们着眼于每一重大历史事件的缘起、过程、结局、时间、地点、人物等，抓住点滴和些许小事，力求通透。

历史是复杂的，事态的发展因素也是多方面的。由于叙述者的视角、文化构成不同，对事件的认知或有不足，但这不会影响我们对整个历史事件的判断和思考，至于它能否清晰地表达出我们编辑这套书的本意，那只能交给读者去评判了。

这套丛书可谓是一部书写红色记忆的读物，它对于了解共和国的历史、中国共产党的英明领导和中国人民的伟大实践都是不可或缺的。同时，这套丛书又是一套普及性读物，既针对重点阅读人群，也适宜在全民中推广。相信它必将在我国开展的全民阅读活动中发挥大的作用，成为装备中小学图书馆、农家书屋、社区书屋、机关及企事业单位职工图书室、连队图书室等的重点选择对象。

编　者
2014 年 1 月

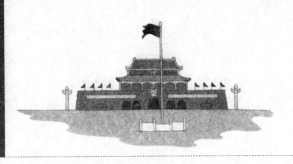

目 录

一、战役部署

● 毛泽东指示志愿军：如遇敌军大举进攻时，志愿军必须大举反攻，将其打败。

● 8月15日，彭德怀对志愿军第三兵团军以上干部发表《关于几个战术问题》的讲话。

● 就在当天晚上，朝鲜人民军乘着入夜之后的大雨进行反击，迅速夺回了884高地。

毛泽东指示要准备大举反攻

1951 年夏季，经过五次战役的反复较量，美国已经看到，依靠战场上的现有兵力，无论如何也难以再打到鸭绿江边。并且，美军自 1951 年初退至"三八线"以后，每向北推进一步都会付出重大的伤亡代价。

在这种情况下，美国被迫调整朝鲜战争政策，不得不放弃以军事手段占领全朝鲜的企图，作出愿沿"三八线"一带停战谈判的表示。这时，"联合国军"的行动方针是：在谈判期间，不实施大规模的进攻行动，而力求通过强有力的巡逻和局部进攻来保持主动，以消耗中朝军队，破坏志愿军、朝鲜人民军可能的进攻，或借以对志愿军施加压力；同时，视停战谈判的进展情况，如有需要，随时准备恢复全面攻势作战，并预先制订向平壤、元山线推进的"行动计划"。

为此，"联合国军"一面加固阵地，防备志愿军的进攻，一面积极地进行向志愿军发动局部进攻的准备。

8 月中旬，"联合国军"先后建成了三道防线：

第一道防线，即与志愿军的接触线，称为"耳明线"；

第二道防线，西起铁原西南的 263.4 高地，东经读书堂下、地境洞、大成山到北汉江西岸之小高飞云伊，全长 60 公里，为中间阵地，名为"怀俄明线"；

第三道防线，西起临津江口之鳌头山，沿江而上，经积城、道城岘、华川湖南岸、杨日、兜率山、山头谷山至东海岸杆城以北之马达里一线，全长 220 公里，名为"堪萨斯线"。

各道防线均构筑了坚固工事，并设有大量的地雷和铁丝网。

此外，"联合国军"还积极扩建金浦、水原原有机场，新建瓦草里、东豆川等 18 处前沿机场，增辟了原州、济州岛等 14 处海、空军运输补给基地。

在此期间，美军有 6 个师、南朝鲜军有 4 个师先后撤至二线，进行了一至两个月的休整。

"联合国军"补充、轮换了近 19 万人。同时，还扩编了 3 个南朝鲜军师，并将空降第一八八团和两个轰炸机联队由美国调到日本，增强其机动力量。

为了统一指挥，7 月 28 日，英第二十九旅和加拿大第二十五旅等英联邦国家军队合编为英联邦第一师。

8 月 17 日，美国参谋长联席会议批准李奇微的要求，决定向朝鲜增派 5 个高射炮兵营和 4 个野战炮兵营。

志愿军和朝鲜人民军，对于停战谈判开始后可能出现的形势和对方的行动企图，在同"联合国军"谈判时就作了充分估计。

志愿军深知"联合国军"虽然在战争中遇到了严重困难，被迫求和，但绝不会改变其侵略本性。

战役部署

在谈判期间，"联合国军"玩弄种种阴谋伎俩的可能性很大，很可能出现乘机对志愿军进行突然袭击的情况。

因此，停战谈判将是非常困难和曲折的，唯有经过坚决、激烈的斗争和持久作战准备，才能取得胜利。

鉴于这种情况，毛泽东和中央军委多次发出指示，要求志愿军：

> 必须极力提高警惕，积极注意作战；必须准备对付在谈判前及谈判期内敌军可能对志愿军来一次大的攻击，在后方则举行大规模的空炸，以期迫志愿军订立城下之盟。如遇敌军大举进攻时，志愿军必须大举反攻，将其打败。

彭德怀制定具体战略战术

根据毛泽东和中央军委发出的"持久作战、积极防御"的战略方针，在停战谈判开始以后，志愿军主要在两方面加强了行动。

一方面积极打击"联合国军"的窜扰活动，掩护防御阵地的构筑，准备随时粉碎"联合国军"的任何进攻。

一方面则积极地进行对"联合国军"实施战役反击的各项准备工作，准备待其进攻时举行战役反击，以取得政治上的有利地位。

1951 年 8 月 15 日，彭德怀对志愿军第三兵团军以上干部发表《关于几个战术问题》的讲话。

在这个讲话中，彭德怀为志愿军的作战制定了具体的战术。具体来讲，讲话共分 5 个方面：

1. 关于炮兵以隐蔽阵地射击为主，还是以暴露阵地射击为主问题，要根据敌情和我军现有条件及部队领受的具体战斗任务来决定。在敌人握有强大空军、炮兵和技术装备优势情况下，一般将自己的炮兵使用于暴露阵地射击是不适当的。但爱护炮兵不是送往后方保存起来，而是为了更有效地射杀敌人。

因此，害怕炮兵损失不敢使用也是不对的。在特殊情况还要敢暴露射击：

遭遇战时，应迅速先敌发扬火力，打乱和杀伤敌人；

突然发现敌军撤退和增援时，立即进行追击射击和阻挡射击；

意外遭敌袭击和袭击敌人时，在这些特殊战斗情况下，一分钟的迟缓都是过失。

2. 迂回、割裂、渗透问题。无论反击和进攻，均是以敌人一翼或两翼或中央突破，以相当强大兵力迂回敌远后方，阻击逃敌和战役二梯队的增援，威胁敌战役供应线，使敌阵地发生动摇。正面向敌进攻的部队，应该割裂敌阵地，使之成为无数小块，隔离其联络，并以精干的小部队利用暗夜、地形险要处出敌意外，突然渗透敌第一线纵深，以勇敢的战斗动作，首先袭击敌火力阵地和指挥所。

3. 追击战问题。朝鲜战场敌有大量飞机、坦克和美空军装备的机械化部队，而我无飞机和战车配合作战，只靠徒步追击是有困难的，追击效果不大，但雾天月夜是可以追击的。追击时要注意及时调整战斗队形，由横变的战斗队形变追击纵队或并列纵队。在追击中不仅要跟踪追击，更应注意平行追击和绕至侧后截断敌退路。

4. 战场观察、射击指挥和通讯联络工作的好坏，直接影响战斗胜负。战场上有组织地不断观察，将直接所得敌情加以判断，及时报告上级，通报友邻，如敌情、时间、地点、自己的判断和决心，并且一定注意不要将叫苦和向上级反映真实情况不加区别混为一谈。射击指挥从组织火力、测量距离、炮火目标观察到严格执行射击纪律，都要执行得尽量具体，才能充分发挥效能，适合战术要求。我军在朝鲜战场与高度技术装备机械化敌军作战，战场情况变化异常迅速。必须以最大努力来改善我军的无线电报、报话和有线电话工作等，并需注意各种简便通讯和讯号的改善，节简译报收发时间。

5. 打一仗提高一步的问题。打胜仗时应把检讨的重点放在客观方面，这样才可暴露自己的弱点，加以克服，防止骄傲自满，因为胜利最易掩盖自己的缺点。如不多从客观的态度去分析，片面地夸张自己主观能动性，如何勇敢，如何指挥有方，就可能潜伏滋生着打败仗的因素。在打败仗时应把检讨重点放在主观方面，即多检查自己，自上而下地总结，找出自己的缺点、错误所在，提高战斗力。

战役部署

在此战略战术的基础上，志愿军建立了自己的防御战线：

1951 年 8 月中旬，第一线阵地西起土城里，经松岳山、五里亭、平康、登大里、艾幕洞、西希里、沙泉里至东海岸之高城，东西绵延 250 公里之防御工事已经全部完成。

第二线阵地则西起南川店，经市边里、安峡、玉洞里、新城山、云磨山、乍德山、昌道里、龙门山、竹叶山、国士峰至东海岸高城。

至于运输线，从熙川、孟山至阳德之中间运输线，佳丽州至昌道里、法洞里至淮阳两条东西运输线，以及阳德、成川、遂安地区，新溪、伊川地区的仓库设施亦按照计划完成。

在部分步兵师中已先后组建了 37 毫米口径高炮营。同时，志愿军司令部的部署也进行了调整：

西线以第四十七军、人民军第一军团各一个师进入开城及其以南地区，保卫开城谈判会场区域；中线第二十七军接替了第二十军防务；原在西线的人民军第六军团调至东线化川里地区，以加强东线防御力量。到 8 月中旬，全军已进行了一至两个月的休整，补充了兵员 10 余万人，并储备了一个月的粮弹。

1951 年秋，根据战争形势发展的需要，毛泽东指示志愿军：

　　节约人力、物力和财力，采取持久的积极防御的作战方针，坚守现在战线，大量消耗"联合国军"，以争取战争的胜利结束。

根据这一指示，志愿军进行了精简整编，节约了人力和开支。

从 1951 年底起，志愿军在全线创造性地展开了以构筑坑道为骨干的坚固阵地活动。

战役部署

朝鲜人民军反击美军夏季攻势

1951 年 8 月中旬，朝鲜半岛的雨季已经过去，连绵的阴雨终于停了下来，有利于"联合国军"作战的好天气终于来临了，第八集团军司令范佛里特迫不及待地向东线的朝鲜人民军发起了一个月的"夏季攻势"。

8 月 18 日拂晓，南朝鲜第一军团首都师的第二十六团，向亥安盆地东北方的 924、751 高地发起了进攻；第十一师第九团向 884、591 高地开始了攻击。

与此同时，隶属美第十军指挥下的南朝鲜八师对连接其左翼的从 1031 高地至昭阳江东岸的高地群上朝鲜人民军也发起了攻击。

在这些高地中，以 1031 高地和 924 高地最为重要，它们分别居高临下，控制着接近昭阳河谷和南江的通路，如眼中钉、肉中刺，让南朝鲜军坐卧不安。

18 日 16 时，南朝鲜军第二十六团第二营从左右夺取了 924 高地的山顶。

但是，在入夜之后，下起了倾盆大雨。朝鲜人民军乘此在雨声的掩护下悄悄接近，把 924 高地上的南朝鲜军第二营赶了下去。

20 日 8 时，南朝鲜军第一营再次发起对 924 高地的攻击，并于 18 时 30 分再次夺取了该高地。

21 日开始，南朝鲜军首都师陷入了苦战，朝鲜人民军第十三师第二十一团死守 965 高地。

由于南朝鲜军的火力占绝对优势，人民军奉命白天暂时撤出阵地，乘夜晚以奇袭方式将阵地夺回。

到 23 日早晨，因缺乏弹药，朝鲜人民军开始用石头进行抵抗，直至傍晚，因南朝鲜军骑兵团的增援，这场长达 3 天的拉锯战才宣告结束。

但是，在其后扩大战果方面，南朝鲜军首都师虽然拼命地反复进行攻击，但因弹药不足和朝鲜人民军的顽强抵抗而一直没有进展。在北面的 884 高地的战斗中，战况也大抵类似。

由于该高地离海岸只有 16 公里，南朝鲜军十一师第九团在美第七舰队 406 毫米和 203 毫米舰炮以及舰载海盗攻击机的支援下，于 18 日 12 时轻松地拿下了目标高地，比南朝鲜军首都师对 924 高地的占领提前了半天时间。

这让"联合国军"高层兴奋不已，仿佛胜利就在眼前。

第八集团军司令范佛里特和南朝鲜军参谋总长李钟赞及正在开城参加停战谈判的南朝鲜白善烨军团长都立即分别发电报祝贺这个"战功"。

谁也想不到他们高兴得太早了，就在当天晚上，朝鲜人民军乘着入夜之后的大雨进行反击，迅速夺回了 884 高地。

在白天，南朝鲜军在炮击和轰炸之后占领了空无一

战役部署

人的高地；晚上，朝鲜人民军借着暴雨或浓雾的掩护又把南朝鲜军赶下山去。

从 8 月 18 日到 25 日，高地最后仍然掌握在人民军手里。南朝鲜军付出了上千人的伤亡，却一无所获。

8 月 25 日和 26 日，朝鲜人民军第二、第五军团为了打击进攻的南朝鲜军，夺回部分阵地，乘南朝鲜军疲惫之际，先后进行了两次局部反击。

朝鲜人民军第五军团以第六师和第十二师各两个团，反击杜密里以北地区的南朝鲜军，朝鲜人民军第二军团第二十七师，在第五军团第六师一部配合下，反击大愚山的南朝鲜军。

8 月 27 日夜，第五军团先后收复了 983.1 高地、773.1 高地、752.1 高地、三台洞、陈岘、鸠岘等阵地。

朝鲜人民军第二军团对大愚山的反击，因南朝鲜军工事坚固，防守兵力较大，当夜未能解决战斗。

"联合国军"发动的夏季攻势，共持续了一个多月，先后动用了美军两个师、南朝鲜军 5 个师的兵力，主要进攻方向为北汉江以东至东海岸朝鲜人民军防守的阵地。

朝鲜人民军在洪水为害、交通困难、粮弹供应不足等极端困难的情况下，利用野战工事，进行了顽强阻击和积极反击。

最终，经过 3 天激战，"联合国军"仅占部分前沿支撑点，被迫在 8 月 21 日转入重点进攻。

"联合国军"转入重点进攻后，战斗更加激烈，有的阵地朝鲜人民军与南朝鲜军反复争夺达 10 余次。

8 月 24 日，朝鲜人民军成功阻止了"联合国军"的进攻，共毙伤俘"联合国军"1.6 万余人。

"联合国军"发动的夏季攻势揭开了朝鲜战争反夏秋季攻势作战的序幕。

为了配合朝鲜人民军的作战，志愿军调整了自己的战略，在另一个战场上开始积极反击"联合国军"发动的夏季攻势。

战役部署

邓华提议取消第六次战役

1951 年 8 月初，彭德怀向毛泽东和中共中央军委报告了第六次战役的意图和基本部署。其基本思想是：

这次战役准备出动志愿军第十三兵团，人民军四军团，并有志愿军炮兵、装甲兵支援步兵作战，还计划志愿军空军出动 10 个航空兵团支援地面部队作战，要求歼灭敌军两个师左右，将东线之敌打回到"三八线"以南地区。

彭德怀在报告中说：

如无意外变故，拟于 9 月 10 日下午发起战役攻击。如敌在 8 月底或 9 月初向志愿军进攻，志愿军则在现阵地以逸待劳，适时举行反击为有利。

报告最后提出：

战役连续攻击决定关键在物资供应和兵员的适时补充，不知后者能否满足这一要求。

8月10日，毛泽东指派周恩来和代总参谋长聂荣臻召集会议，研究彭德怀关于第六次战役的意图和基本部署的报告。

8月17日，彭德怀签发了发动第六次战役的预备命令。

8月20日，正在开城北面松岳山麓志愿军谈判代表团驻地的邓华，收到彭德怀签发的第六次战役的预备命令之后，立即认真研究，并联系当时双方战场态势进行了反复思考。

最后，邓华致电彭德怀，认为在"联合国军"阵地已经巩固"深沟高堡，固守以待"的情况下出击，进行阵地攻坚，于志愿军不利。

8月24日，彭德怀复电邓华说：

> 17日预备命令是要把全军动员起来，积极准备作战，而非具体部署。

几天后，邓华回到志愿军司令部，他指着地图，对彭德怀等人说出了自己的想法：

战役部署

> 如果就地停战的话，觉得咱们并不吃亏，美军所占东线地区面积稍大却全是山区，人口稀少，土地贫瘠。西线中朝方所占面积虽略小

却是平原，人口稠密，土地肥沃，离汉城也近，对敌人威胁同样很大。

彭德怀等人专注地听着。邓华又说：

前几天志愿军在前线用望远镜看到，美国鬼子正拼命修筑钢筋水泥工事，听前线的同志汇报，敌人防线设置了一层层铁丝网，阵地前布满了地雷和燃烧桶。掩蔽部都是带顶盖的，异常坚固。另外，还设置了路障，连炮兵集火射击的诸元都是先计算好的。

彭德怀缄默不语，他显然有些被说服了。
邓华停了停，又说：

当前敌人已有强大纵深的坚固设防，而又是现代的立体防御，不可小视啊。

邓华接着说道：

志愿军们如果以现有力量和装备发起攻击，其结果有三：一为攻破了敌阵地，部分歼灭了敌人；二为攻破了敌阵地，赶走了敌人；三为未攻破敌阵地，而被迫撤出了战斗。不管哪一结果，伤亡和消耗都很大，尤其后者对志愿军是很不利的。相反地，如敌离开他的阵地，大举向志愿军进攻，志愿军以现有力量是可以将其打垮而求得部分歼灭的，代价也不会很大。

彭德怀不得不承认，邓华说得有理。他对邓华说：

你的建议有些道理，你写个书面建议给主席，第六次战役不是非马上发动不可，也可以缓一缓嘛。

8 月 18 日，邓华向毛泽东正式提出以现有战线作为停战线的建议。他在电文中说：

就地停战，志愿军方亦不吃亏，因临津江以西"三八线"以南面积虽小，但人口财富较多，战略上，敌阵地离元山近，登陆易；但志愿军阵地离汉城更近，亦易拊敌侧背。

8 月 21 日，毛泽东致电彭德怀并告高岗，征询对邓华提出关于停战谈判的建议。邓华当时的建议是：

在军事上我应有所准备，目前不进行战役反击，也当尽可能作战术的反击，收复些地方，

推前接触线，更好地了解敌人阵地及其坚固程度。

毛泽东认为，这一意见值得认真考虑。他在 8 月 21 日致彭德怀电中具体说道：

> 你对邓华同志 8 月 18 日电的意见如何……志愿军认为这个意见值得认真考虑，请具体计划一下，9 月份能否进行此种战术反击。

8 月 26 日，毛泽东以中央军委名义致电彭德怀并告高岗：

> 志愿军已决定 9 月不作大规模反攻战斗。敌人又有企图在镇南浦登陆的消息。因此，三十八军、三十九军及四十军均应位于原驻地，加强训练，并准备对付镇南浦方面的可能登陆。

此后，第六次战役事实上被取消，朝鲜战争开始了长时期的阵地战。

从整个战局的反战过程来看，朝鲜战争进入了有史以来最艰难的谈判阶段。

战史上最艰难的谈判

1951 年 8 月 10 日 13 时 30 分，朝鲜停战谈判举行了第二十次会议。会谈开始，"联合国军"代表乔埃提出："将'三八线'作为军事分界线的考虑和讨论到此终结。"

中朝方面首席代表南日立即反驳说："对方没有理由拒绝以'三八线'为军事分界线的建议。"

乔埃说："本代表只是按照'联合国军'的决定进行答辩，并没有打算妨碍贵官喋喋不休地谈论关于'三八线'的问题。"

此后，在两个多小时的时间内，谈判双方进入了无言的状态。

最后，乔埃提出："由于第二项军事分界线问题不能取得一致，是否进入第三项关于军事停战条款的讨论？"

这个提议遭到中朝方的拒绝。

8 月 11 日，朝鲜停战谈判"联合国军"代表团首席代表乔埃在停战谈判发言中说："中朝方如果继续固执'三八线'，就会关闭谈判的大门。"

毛泽东则致电李克农，并告金日成、彭德怀：

在对方承认了以目前战线划分军事分界线

战役部署

并加以调整的情况下，志愿军可以提出修正案：将"三八线"定为双方军事分界线的基线，依此基线建立非军事地区，双方可不必一律向南北各撤10公里。

可依地形便利，"联合国军"在临津江东"三八线"以南后撤少于10公里，在临津江西"三八线"以南则仍撤10公里；中朝部队在临津江西"三八线"以北后撤亦可少于10公里，而临津江东"三八线"以北则仍后撤10公里。

8月13日，朝鲜停战谈判中朝代表团首席代表南日通过平壤广播发表声明：

如果"联合国军"在非军事区问题上不改变立场，谈判就不会有任何进展。

原朝鲜停战谈判中方联络官柴成文对于那场举世瞩目的停战谈判，仍然记忆犹新，他回忆说："朝鲜战争中志愿军不仅在军事上取得了重大胜利，而且也在军事外交斗争中取得了胜利。"

柴成文回忆说：

自朝鲜战争爆发之后，中朝两国军队并肩作战，到1951年5月底，经过5次大的战役，以美国为首的多国部队受到沉重打击，损兵折将23万多人，从鸭绿江边败退到"三八线"。

美国统治集团开始醒悟，朝鲜战争是个无底洞，看不到胜利的曙光。此时的美国国内更是异常混乱，国会为此事吵得不可开交，美国公众也对当局不满，它的主要盟国则担心美军深陷朝鲜从而削弱在欧洲的力量。

正是在这种内外交困的情况下，美国提出停战谈判的请求。出于和平考虑，中朝双方接受了美国政府的提议。

柴成文回忆说：

第一次谈判是1951年7月10日上午，地点是位于"三八线"上中朝控制区域内的来凤庄。一张铺着绿色台呢的长方形条桌东西摆放在谈判大厅里，长条桌南北面坐着对方的5名代表。

南侧中间坐着"联合国军"首席代表乔埃，乔埃的右边坐着白善烨、霍治，左边坐着克雷奇和勃克。

桌子的北面是中朝方代表。中间坐着首席代表南日，南日的右边坐着邓华和解方，左边坐着李相朝和张平山。

双方代表的背后坐着人数大体相当的参谋、

翻译和记录人员。

战场上打红了眼，进入谈判会场，双方仍保持着高度警惕。

首次会谈，南朝鲜参谋人员李树荣就位时，竟一屁股坐空，摔倒在地，可想其多么紧张。

8月16日，朝鲜停战谈判双方协议，任何军用飞机不得侵入开城中立区上空。

8月17日，朝鲜停战谈判圆桌会议开始举行。圆桌会议为正式谈判的下属机构，称小组委员会，双方分别由正式代表一人、助手两人组成。专门讨论某一项议程的细节问题。

双方会谈时不是面对面地坐在桌子两边，而是围着桌子进行交谈，试图创造一个比较轻松、自由的气氛。中朝方参加小组会的代表为李相朝、解方。

"联合国军"方为美军陆军少将霍治、海军少将勃克。圆桌会议开始讨论军事分界线划分问题。

与此同时，朝鲜停战谈判志愿军代表团党委召开会议，讨论军事分界线划分的问题。

讨论的焦点集中在实际接触线为军事分界线同以"三八线"为军事分界线的差别到底有多大。

最后，经过计算对比，一致认为"联合国军"虽在"三八线"以北占的地方比西线中朝军队在"三八线"以南占的地方要多一些，但那里多是山区，交通不便，人口少，耕地不多。而西线中朝军队在"三八线"以南所占地区，从经济上讲那里多是平原，交通方便，人口多，产粮多；从面积上讲，瓮津半岛加上沿海岛屿虽比东线略少一些，但保住了开城这个正在谈判的古都。

从政治上讲，如以"三八线"为停战的军事分界线，停战后中朝军队再退出开城，开城人民难以接受，政治影响也较大。

因此，无论从经济还是从政治上讲，以实际接触线为军事分界线对中朝方并无不利。

会后，中方谈判负责人李克农又找南日、李相朝商量，他们一致同意这个意见，并向毛泽东提出这个建议，很快就得到了毛泽东的批准。

但是，由于发生了枪杀中朝方军事警察姚庆祥的事件，8月22日美军飞机又轰炸了中朝代表团住所，停战谈判被迫中断，所以这个具有突破性的方案直至10月25日以后才提出来。

8月20日，双方就谁先提出具体方案发生争执。"联合国军"代表霍治出乎意外地提出由抛掷硬币来赌正反面，由输的一方先提提案。

中朝方表示用抛钱来决定这样重要问题太不慎重，并提出了自己的方案：即军事分界线在东部由"三八线"以北4公里开始，到西部"三八线"以南4公里处。

但是，这个提案遭到霍治的拒绝。谈判因美方的蓄意破坏而中断。

战役部署

柴成文后来回忆道："开城谈判尽管没有取得实质性的进展，但停战谈判的消息从这里传向四面八方，小小来凤庄因此名声大噪。从此，这个鲜为人知的小村庄在世界地图上有了它的坐标。"

柴成文继续说道："对参加谈判的人来说，尽管他们也知道这是一次十分艰难的谈判，但谁也没想到竟会一谈就是 747 天。"

是什么原因使停战谈判延长这么长的时间呢？

柴成文分析说：

> 主要是美国没有诚意！
>
> 朝鲜停战谈判是一次史无前例的停战谈判。它是当时世界上头号强国美国，遭受到志愿军的狠狠打击后，不得不罢手而勉强接受的停战谈判。
>
> 很显然，美国对于这样的谈判不是心甘情愿的。所以，他们打败时想谈，谈判得不到便宜时又想打。

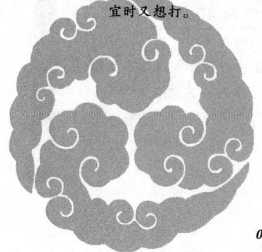

二、 粉碎夏季攻势

● 毛泽东致电李克农，并告彭德怀："志愿军
方代表团驻地应立即移至会场区外之中立
区，并靠近中立区以外之志愿军方部队，实
行根据协议的武装警戒，以防敌特袭扰和
意外。"

● 柴成文深有感触地说："朝鲜停战谈判的胜
利，是新中国外交谈判史上的首次胜利。中
国人民热爱和平，中国政府珍视和平，和平
压倒一切，正义之战必胜！"

● 周恩来说："只有志愿军们不怕战才能和。
志愿军们是愿意和平解决朝鲜问题以及远东
和世界问题的。"

毛泽东指示暂停谈判会议

1951 年 8 月 19 日，中朝军事警察一行 9 人，在开城中立区执行正常的巡逻任务，行至板门店西南的松谷里附近时，突然遭到埋伏于此的南朝鲜武装人员 30 余人的袭击，排长姚庆祥当场牺牲，战士王仁远负重伤。

在同日，朝鲜停战谈判中朝代表团首席代表南日，向"联合国军"首席代表乔埃提出强烈的抗议，要求：

> "联合国军"改正 7 月 17 日以来一再破坏中立区协议的不法行为，严惩枪杀姚庆祥的凶手，彻底保证不再发生违反中立区协议的任何事件。

在战场上遭到惨败的"联合国军"，不得不再次想在谈判桌上找出路。

8 月 21 日，毛泽东致电李克农，并告彭德怀：

> 志愿军方代表团驻地应立即移至会场区外之中立区，并靠近中立区以外之志愿军方部队，实行根据协议的武装警戒，以防敌特袭扰和意外。

柴成文后来回忆讲述了在谈判中发生的几件事：

一次，双方代表团成员在讨论中提出以"三八线"为军事分界线时，美方首席代表乔埃拒不发言，谈判陷入僵局，双方代表静静地坐着。这场"静坐"一直僵持了132分钟。

还有一段时间，美方代表在谈判中采取"到会即提休会"的战术，最短的一次会25秒即宣布结束，这些都创造了谈判史上的纪录。

柴成文回忆说：

中朝方代表原以为战俘问题不是争论的焦点，能很快得到解决。可出乎意料，战俘问题最终成了争论最为激烈、拖延时间最长的一个问题，前后达一年半之久。

谈判桌前，唇枪舌剑，激烈程度不比战场逊色。

柴成文深有感触地说：

朝鲜停战谈判的胜利，是新中国外交谈判史上的首次胜利。中国人民热爱和平，中国政

粉碎夏季攻势

府珍视和平，和平压倒一切，正义之战必胜！

8月22日，志愿军谈判代表团提议以实际接触线为军事分界线，并专门向毛泽东请示。

毛泽东很快批准了这一提议，并征得金日成同意，按照志愿军谈判代表团的建议，向对方提出划分军事分界线的方案。

同日，美军多架飞机非法侵入开城中立区会址区上空，对中朝方代表团住所施行轰炸与扫射。

中朝方联络官以无线电话通知在汶山美方的联络官，促其速来开城进行现场调查。美方肯尼上校、穆莱上校抵达现场后，在具体的人证、物证面前，仍然千方百计进行抵赖。

8月23日，毛泽东致电金日成、彭德怀：

此次敌机夜袭，其意甚明，志愿军必须不怕破裂，予以坚决回击。志愿军方应于今日提出暂时停开谈判会议，以压"联合国军"气焰。同时，志愿军在军事上应加紧准备迎接"联合国军"可能的进攻。

同日，中朝方谈判代表宣告停开谈判会议。同时，在作战行动方面，也作了相应的部署。

金日成、彭德怀为严正抗议美方轰炸与扫射开城中立区代表团住所，对"联合国军"总司令李奇微发出通知。

通知指出：

> 美方之所以敢于这样肆无忌惮地不断进行挑衅，是错误地把中朝方争取和平的耐心当做一种示弱。中朝方虽然为谋取和平进行了极大的忍耐，但忍耐是有限度的。
>
> 因为片面追求和平，和平总是不可得的。因此，中朝方代表团从本日起宣告停会，以等待美方对这一严重的挑衅事件做负责的处理。

8月24日，双方联络官在板门店会晤，中朝方联络官提出请对方来开城开会，讨论恢复谈判的日期和时间。"联合国军"方则提出要讨论改变会址。

中朝方联络官认为，只有双方代表举行会议才有权处理改变开城中立区的协议。为此争执不下，后多次会晤均无效果。

8月25日，"联合国军"总司令李奇微复信金日成、彭德怀，表示：

> 根据调查报告，没有任何陆军部队曾经进入中立区，没有任何海空军飞机曾进入中立区进行轰炸扫射。

粉碎夏季攻势

并攻击中朝方提出的抗议，是完全没有根据的恶毒谎言，是为了自己阴险的宣传目的而制造的。

8月26日，中朝方首席代表南日发表声明，宣布美国军用飞机轰炸及扫射朝鲜停战谈判中朝方代表团的事件调查结果。

8月27日，李奇微再次致信金日成、彭德怀，要求更换会址，把会址迁到一个不在任何一方单独控制之下的地区，并具体建议设在板门店以东的松贤里。

同日，金日成、彭德怀致信李奇微，严厉驳斥李奇微25日的复信。信中指出：

乔埃说8月19日事件是"大韩民国公民"的"自动"行为，美方不能担负责任的言论是站不住脚的。如果"联合国军"司令部对南朝鲜部队无法控制和不负责任，就无权代表一切"联合国军"所属武装力量来进行谈判。

开城中立区的炸弹片、弹坑，岩石裂痕原状未动地保存着，这是"联合国军"谈判代表与新闻记者再来开城时，无法逃避的事实。

于是不难看出谁是这次挑衅事件的制造者，谁不根据事实而武断地发出荒谬绝伦的谎言。停战谈判还须本着认真负责与平等对待的原则。严肃处理任何一方违反和破坏开城中立协议的行为，不能采取歪曲事实、抵赖一切、颠倒是非的态度。

8月30日，毛泽东致电金日成、彭德怀：

从李奇微29日复信中可以看出，敌人是需要把谈判继续下去的。

因此，志愿军在复查与发表双方来往文件两个问题上，还可以与敌人进行几个回合，现不宜将复会同时提出，免得敌人以为志愿军亦急于复会而又嚣张起来。

8月31日，南日向乔埃抗议"联合国军"方谋杀中朝方军事警察杨显泽、张仁凤。抗议说：

30日上午6时，中朝方军事警察杨显泽、张仁凤等3人在开城中立区以内炭洞里正常休息时，被身着南朝鲜部队军服的10余人袭击，杨显泽、张仁凤2人被杀害。

"联合国军"方一再将身着南朝鲜军装的人员，说成是非正规人员，以推卸自己无可推卸的责任。为此中朝方提出严重抗议，并坚决要求严惩凶手，保证不再发生破坏协议的任何事件。

粉碎夏季攻势

8 月 31 日，毛泽东致电金日成、彭德怀：

"联合国军"仍在空中和地上继续挑衅，其企图显然是示威和试探，志愿军们应随时予以揭露和抗议。

关于谈判细节，柴成文后来回忆说：

谈判中最艰难的地方是军事分界线的划分。关于军事分界线的问题，早在开城会议上，中朝方就提出了一个原则性建议。

即以"三八线"为军事分界线，双方各自后退 5 公里建立非军事区，脱离接触。

"三八线"是朝鲜战争爆发前南北两方原有的军事分界线，这已经得到包括美国在内的世界各国的公认。停战谈判开始之前，美方竟拒绝中朝方的主张。

他们坚持自己的方案，提出"海空优势论"，即他们在海空中保持的优势，在划定军事分界线时要得到补偿。也就是说，根据这个"方案"，对方不动一枪，不伤亡一人就可以获得中朝方 1000 多平方公里的土地。这个荒谬无理的要求，自然遭到中朝方的强烈反对。为此，中朝方与美方进行了针锋相对的斗争。

李克农当时有句"口头禅",他说:

　　谈判是"打仗"。是打"文仗"不是打
"武仗"。

此时在"武仗"战场上,中朝军队正高奏凯歌。仅当年5月21日的第五次反击战役,中朝军队便将战线向前推进了50~70公里,歼灭"联合国军"和南朝鲜军4.6万余人,从此彻底粉碎了美军、南朝鲜军一切攻势,把战线稳定在了"三八线"附近。

　　"武仗"打得被动的美方,主动提出了停战谈判的意向,不得不转向打"文仗"。

粉碎夏季攻势

粉碎美军实施的绞杀战

1951 年夏,以美军为首的"联合国军"在朝鲜战场上节节败退,刚刚走马上任的远东空军司令奥托·威兰使出浑身解数,要一解美军的困境。

"联合国军"总司令李奇微仔细地看了威兰将军送来的报告,并连连点头。

"威兰将军,志愿军们很需要您这样的想象力。"

"将军,应该打击志愿军的要害,志愿军的要害不是在前边,而是在后边。"

李奇微眯起了眼睛:"说下去,接着说下去。"

"志愿军的作战物资都是从中国东北运来的,只要卡住了志愿军他们进入朝鲜的通道,他们就会瘫痪,就会无法再战。"

"这是一个很好的主意。"

"联合国军现有 1200 架飞机,可以全方位、全天候空中封锁,对志愿军进行绞杀。"

李奇微笑了:"我们的这次行动就叫绞杀,像绞死对手一样,就叫'空中绞杀战'吧。"

于是,"联合国军"的空军改变了作战目标,主要对志愿军的铁路、公路交通干线进行封锁,欲全力切断志愿军的后方运输线,使志愿军前线部队得不到供给而不战而退，这是对志愿军空军和高炮部队的一次新的考验。

为了实施"绞杀战"，"联合国军"动用了80%的兵力，其战斗轰炸机和战略轰炸机几乎全部投入使用，并计划以3个月时间全部摧毁朝鲜北部的铁路系统，使志愿军的"铁路运输陷于完全停顿的地步"。

志愿军后方所有部队，在朝鲜人民的大力支援下，以无比顽强的战斗精神进行了反"绞杀战"斗争。

8月18日，"联合国军"对交通线的轰炸破坏全面展开，即"绞杀战"开始。

其第五航空队的绝大部分兵力主要用于切断朝鲜西北部的铁路线，集中轰炸宜川至肃川、熙川至顺川之间的铁路干线。

轰炸机指挥部的B-29重型轰炸机负责轰炸宜川、新安州、顺川和平壤等地的重要桥梁；舰队航空兵则负责封锁朝鲜东部的铁路线。

战斗轰炸机通常每天出动两次，一般使用32架到64架的大编队进行活动。每个战斗轰炸机联队每天攻击一段长24公里到48公里的铁路线。

F-86喷气式战斗机则主要以若干小编队组成"阻击屏幕"进行掩护，并在大机群活动的同时，以四至六架小编队进行游猎活动，伺机偷袭志愿军起飞、返航降落成散队的飞机。

为防止志愿军航空兵部队进驻朝鲜境内，对其空军活动和地面部队造成严重威胁，B-29重型轰炸机除轰

粉碎夏季攻势

炸重要桥梁外，还主要负责轰炸破坏朝鲜北部的机场。

8月底，整个铁路交通处于前后不通中间通的状况。

"联合国军"在轰炸志愿军铁路线的同时，也加剧了对志愿军公路线及运输车辆的轰炸破坏。

"联合国军"白天以战斗轰炸机扫射志愿军的待避车辆和囤积物资，在重要桥梁、路线上投掷定时炸弹和一触即发的蝴蝶弹，以阻止车辆通行。

夜间在公路上空用 C – 47 运输机投下照明弹，用 B – 26 轻型轰炸机分区搜寻目标，进行跟踪追击轰炸，妄图摧毁志愿军"所有的公路交通"和"每条线路上的每辆卡车和每一座桥梁"。

当时，志愿军一度出现一线各军存粮不足一周，二线各军存粮也不足半月的情况，问题十分严重。

为了粉碎"联合国军"的"绞杀战"和战胜洪水灾害，志愿军除组织部队翻晒浸湿受潮的粮食、物资，动员二线部队、机关节粮支援一线外，还采取了以下措施：

加强对空斗争。志愿军高射炮兵部队共有4个师另3个团又50个营，分别担任掩护前线与后方任务。其中归志愿军直接指挥、担任掩护后方交通运输的高射炮兵由3个团又10个营增加到4个团又25个营，主要掩护铁路桥梁和仓库区。为保障夜间行车安全，调整和加强了后方运输线上的防空哨。

8 月，调第五十军第一四九师配属志愿军担任防空哨任务，连同原有的公安第十八师及有关分部警卫团，担任防空哨任务的兵力共有 7 个团又两个营，约 8200 多人，在 2100 多公里的运输线上昼夜监视"联合国军"的飞机活动。

同时，对各种物资加强疏散、伪装，设立假目标，真真假假，迷惑"联合国军"。

在组织铁道兵集中力量抢修被破坏的桥梁和线路的同时，志愿军还统一组织汽车运输部队、工兵和后勤各种力量，采取了铁路、公路与水上漕渡相结合的接力运输方式。

在洪水泛滥和江桥遭到破坏的地方，组织漕渡，采取分段倒运的办法，使各段线路有机地联系起来。

这种铁路、公路和漕渡相结合的接力运输方式，是在洪水泛滥、"联合国军"飞机轰炸情况下创造的一种特殊的运输形式，它使志愿军达到了路断、桥断而运输不断的目的。

采取这种形式并结合抢装、抢卸，仅 8 月就将 1100 多车皮，约合 3.4 万吨的物资抢运到了前线，初步改善了当时缺粮、少弹的供应状况，圆满地完成了运输任务。

"联合国军"在"绞杀战"的第一阶段，普遍轰炸交通线和桥梁，收效不大。于 9 月开始了"绞杀战"的第二阶段，即集中轰炸清川江以南的新安州、西浦、介

川间铁路"三角地区"。

此处是朝鲜北部铁路和公路运输的咽喉，这个地区被破坏，不仅南北、东西的铁路运输将同时中断，而且公路运输也将受到严重影响。

西浦至新安州段两侧多水田，顺川至介川段则道路基较高，被破坏后修复困难。"联合国军"利用这一地势特点，每天平均出动5批103架次飞机集中轰炸这一地区，并逐步压缩轰炸地段。

最初，集中轰炸京义铁路渔波至新义州段和满浦铁路顺川至介川段；随后，"联合国军"又将重点封锁区集中在京义铁路的大桥至肃川的17公里和满浦铁路泉洞至中坪的22公里地段上。

为粉碎"联合国军"对"三角地区"的集中封锁、破坏，在志愿军司令部统一领导下，采取了集中使用兵力，密切防空、抢修、运输的协同，加强分段倒运等办法，并加强了"三角地区"的防空兵力。

9月初，中央军委决定将东北军区防空司令部所属的4个高射炮兵团和6个高射炮兵营拨归志愿军直接领导和指挥。

9月下旬，从掩护机场修建的高射炮兵第六十四师中抽调了11个独立高射炮兵营和6个高射机枪连，加上原有高射炮兵部队，在铁路线上组成了4个防空区，即平壤、安州、定州、介川、顺川区；殷山、新仓里区；阳德、龙池院里区，平壤、物开里区，进一步加强了铁路线上的防空力量。

10 月中旬以后，又陆续将掩护机场修建的大部分高射炮兵调往"三角地区"和其他重要铁路地段。还从国内抽调了 1 个雷达连、5 个探照灯连，配合高射炮兵作战。

至此，"三角地区"及其附近目标的高射炮兵部队增为 3 个师又 23 个营和城防高射炮兵 4 个团及 1 个高射机枪团和一个探照灯团，仅在"三角地区"的新义州至渔波段和介川至顺川段，即集中了高射炮兵 7 个团又 8 个营对"联合国军"飞机作战。

同时，以高射炮兵第六十四师为基础，在安州成立铁道兵高射炮兵指挥所，实施统一指挥。防空火力增强后，狠狠打击了"联合国军"飞机的疯狂气焰。

9 月 15 日，周恩来在审改批发聂荣臻关于解决运输问题致彭德怀电报中指出：

今年洪水为患，对交通运输影响最大，加之敌机集中轰炸，增加了困难。为此决定：

1. 充实铁道兵团，加强抢修力量。

2. 保证抢修桥梁材料的供应。

3. 加强倒运力量。

4. 加强铁路和桥梁的防空力量。现在，所争取的是时间问题。

粉碎夏季攻势

9月16日，中朝联合司令部发出指示，提出阵地战工事构筑的具体部署要求：

> 凡重要阵地特别是核心阵地，必须是隧道式的据点，以抗击"联合国军"的猛烈的火力突击，保持防御的稳定，更有力地以进攻手段打击敌人。

此后，志愿军与人民军在防御作战中，即出现了坑道工事的雏形。

9月17日，中央军委发出指示：

> 为了加强朝鲜东西海岸的防御，防止敌人从侧后登陆，在作战指导上，要根据朝鲜特殊的地形，必须坚决阻击敌人于海上的方针，放弃让敌登陆或诱敌深入后歼灭之的方针。

9月20日，为掩护安东、平壤间主要交通线，加强反"绞杀战"斗争，志愿军空军奉命正式出动作战。

首先出动作战的是航空兵第四师，之后，其他航空兵采取轮番作战的方针，也陆续投入作战。

其实，早在8月上旬，志愿军空军即奉命同苏联空军一部担负保护平壤以北主要交通线和掩护机场修建的任务，根据中央军委确定的"逐步前进"、"轮番作战"

的方针，从 9 月下旬，志愿军空军歼击航空兵以师为单位，采取"以少到多、以老带新、先打弱敌、再打强敌"等稳妥办法，陆续投入作战。

9 月 25 日，歼击第四师出动 32 架，配合苏联空军 120 架与袭击志愿军顺川、安州、平壤等铁路目标的"联合国军"百余架混合大机群进行了空战。

在这次空战中，飞行员刘涌新单机与 6 架美军飞机激战，击落 F - 86 飞机一架。他是志愿军空军第一个击落 F - 86 飞机的飞行员。

从 9 月 22 日至 27 日，5 天空战中，"联合国军"被志愿军空军击落 26 架，击伤 8 架。

"联合国军"被迫"决定其战斗轰炸机以后不在米格走廊内进行封锁交通线的活动"。

10 月 2 日，毛泽东指示空军司令员刘亚楼：

> 要争取时间锻炼部队，应设法使更多的部队参加实战锻炼。

同日，毛泽东在空军关于空四师 9 月 25 日空战情况的报告上批示：

> 空四师奋勇作战，甚好甚慰。你们予以鼓励是正确的。

粉碎夏季攻势

在铁路抢修方面，志愿军采取了"以集中对集中，以机动对机动"的方针。

9月8日，中朝联合铁道运输司令部抢修指挥所在安州成立前方指挥部，负责统一指挥铁道兵各师、工程总队及朝鲜人民军各铁道联队。

随后，中央军委给铁道兵配属了5个新兵独立团、补充新兵9000人，加上铁道兵原有部队和朝鲜铁道工程旅等，志愿军在朝鲜北部铁路线上的抢修力量已达7万多人。

在抢修斗争中，工程部队根据美军飞机轰炸情况的需要，采取重点抢修的方针，将主要兵力集中在"三角地区"及东、西清川江和东大同江3座桥梁上，而暂时放弃平壤至物开里段的抢修工作。

在抢修中，工程部队充分发挥了群众的智慧，创造性地采取了架设活动桥梁，白天移开，晚上移回；以枕木排架代替后方填补大弹坑等方法，节约了抢修时间，又迷惑了"联合国军"飞机，减少了桥梁损失，提高了运输效率。兵力分成昼夜两班，轮流替换，24小时不停地抢修。

为在有限的通车时间内通过更多的列车，铁路运输创造了密集的"列车片面续行法"，即在通车的夜晚将列车排列在一个或几个区段上，同一方向行驶，并缩小列车间隔时间和距离。

10 月下旬，"联合国军"飞机轰炸封锁更为加剧，志愿军"三角地区"铁路运输再度中断。

由于志愿军防空、抢修、抢运三位一体的联合作战，至 10 月中旬，志愿军铁路运输情况一度好转，曾争取到半个多月的时间通车。

"联合国军"也无可奈何地承认：

> 凡是炸断了的铁路，很少是在 24 小时内未能修复的，对铁路实行绞杀作战的效果是令人失望的。

据不完全统计，在此阶段，志愿军铁路运输抢运过封锁区的作战物资共达 1.54 万多车皮。

在这一阶段，公路运输同样进行了艰苦斗争。

1951 年下半年，在志愿军普遍整修公路的基础上，又新修公路 700 多公里，架设和加固桥梁 70 余座，修涵洞 400 多个，使平元铁路南北有了 8 条公路干线和若干条支线，解决了东线供应问题。

在各主要河流渡口架设便桥，公路沿线大量设置车辆待避所和夜间行车设施，使汽车运输能力比 1951 年下半年提高了 70% 左右。同时，还调整和完善了防空哨。

在 32 条共 2500 多公里的公路上，使用了 1.26 万人的兵力，设置了 1300 多组对空监视哨，保证了汽车部队的安全运输。

粉碎夏季攻势

同时，志愿军公路运输也得到了很大改善，汽车运输能力较 4～8 月提高 75% 以上。从而逐步改善了志愿军供应状况，保证了志愿军作战的基本需要，并使前线开始有了粮弹储备。

1951 年底，"联合国军"实施"绞杀战"已超过了其原计划的时间一个月，并未达到预期目的，但"联合国军"不甘心就此罢手。

李奇微认为：

> 如果终止空中封锁交通线的活动，或者缩小这种活动的规模，就会使志愿军在一段比较短的时间内积聚起足够的补给品，从而有能力发动一次持续的、大规模的攻势。

在反"绞杀战"斗争中，志愿军与朝鲜全体军民群策群力，各军兵种在统一领导下密切协同，积极斗争，将美军空军的活动空域压向清川江以南，并形成了一条"打不断、炸不烂的钢铁运输线"，胜利地粉碎了美军切断志愿军交通运输线的企图，打破了"联合国军""空中优势"的神话，使志愿军后方供应条件获得了进一步改善。

毛泽东同意在开城复会

1951 年 9 月 1 日，金日成、彭德怀致信李奇微，抗议美方飞机轰炸开城。

信中指出：

> 从 8 月 23 日至 30 日的 8 天时间里，美方飞机侵入开城中立区 25 架次，杀害中朝方军事警察两人。9 月 1 日 0 时 30 分，美方军用飞机一架，又非法侵入开城中立区上空投掷两枚炸弹，并以机枪扫射，这两枚炸弹落在了距中朝方首席代表南日将军住所仅 500 米处。

"联合国军"对上述事实，一方面不顾事实地加以否认和抵赖，一方面却又明目张胆、毫无忌惮地继续挑衅。其目的除去显然是在蓄意破坏朝鲜停战谈判，使开城会议无法继续进行外，绝无其他借口可以解释。

9 月 3 日，周恩来在中央人民政府委员会第十二次会议上作《关于外交问题的报告》，阐明中国政府对朝鲜停战谈判的基本政策和立场：

> 公平合理的方案，志愿军们接受；它要来

粉碎夏季攻势

挑衅，志愿军即回击；它要无赖，志愿军即揭破；它要拖延，志愿军即逼迫它在停战和破裂中选择一条道路。志愿军们不怕破裂，已经为此做了准备。

9月3日，中朝方首席代表南日抗议"联合国军"破坏开城中立区上空中立。

抗议说：

美国军用飞机自7月15日以来，一直未停止侵入开城中立区上空的非法行动，并多次投掷炸弹与照明弹，并谎称双方未就开城中立区上空中立化达成协议。然而，7月13日，李奇微致金日成、彭德怀的信中，曾经提出，停战谈判的整个时期内，双方同意在中立区内不作任何种类的敌对行动。

根据国际惯例，所谓"敌对行动"，包括所有武装力量进行的任何种类的"敌对行动"。

因此，美国空军在开城中立区上空进行的巡逻侦察活动，是一种明显的敌对行动，应该予以停止。开城中立区的协议应得到全部和严格的遵守。

9月3日，周恩来在以《朝鲜停战谈判与对日媾和问题》为题的报告提纲中指出：

志愿军们既不怕和，也不怕战。志愿军们认识到反美斗争是一个长期的斗争。只有志愿军们不怕战才能和。志愿军们是愿意和平解决朝鲜问题以及远东和世界问题的。但必须不怕为抵抗侵略而进行正义战争，然后才有争取持久和平的可能。

9月6日，李奇微复信金日成、彭德怀指出：

"联合国军"从未违反过关于开城中立区的协议，中朝方面纯属蓄意虚构、恶意指责、无端怀疑"联合国军"的信义。

"联合国军"不能在朝鲜军队实施管制的区域内，保证对方部队不发生恶意制造出来的事件，只能保证自己部队不发生违反开城中立区协议的条款。建议双方联络官立即在板门店会晤，讨论选择一个谈判不受阻挠继续下去的新会址。

9月10日凌晨，一架美国空军飞机侵入开城中立区上空进行扫射，击中满月里地方的民房。

"满月里事件"发生的当晚，美军总部电台广播承认，此次事件是"联合国军"飞机所为。

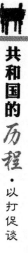

9月11日，乔埃正式致函南日，承认"满月里事件"是美方飞机造成的，并表示遗憾。

朝鲜停战谈判中朝方代表团就"联合国军"方破坏开城中立化协议阻挠谈判问题发表声明指出：

至开城中立区问题发生和达成协议以后，中朝方代表团对于"联合国军"方的有关提议，完全采取了认真负责的态度，凡是可以接受而有利于谈判进行的，都曾经并准备继续加以合理解决，无理的则断然予以拒绝，对于"联合国军"蛮横无理的挑衅行动则绝对不能容忍。

"联合国军"方面则是在一直蓄意地、有计划地制造并还在制造着一连串的挑衅事件，来破坏开城中立化协议，以阻挠停战谈判的进行；并在事件被揭露之后，又采取极其蛮横无理不负责的态度，对其所制造的挑衅事件一律加以否认和抵赖。

对其制造的一连串事件，一件也不加以解决，因而阻碍了停战谈判的恢复。

声明具体列举了7月1日以来，双方对诸项有关事宜的不同态度。

声明最后指出：

"联合国军"必须放弃其蛮横无理的态度，

认真负责地处理一连串挑衅事件。朝鲜停战谈判才能够在平等正常的基础上继续进行，以求得公平合理的停战协议。

9月11日，金日成、彭德怀复信李奇微说：

你方坚持一味抵赖，拒绝处理破坏开城中立化协议的一连串的挑衅事件，并提出更换会议地址的建议，企图以此逃脱破坏开城中立化和阻挠停战谈判进行的责任。

既然你方认为一切破坏协议的挑衅事件是"虚构"和"伪造"的，为什么不敢要求追究？

如果你方不认真负责地处理这些事件，对事件的真相不敢提出处理与复查，不管把会议地址更换到什么地方，同样的甚至更严重的挑衅事件仍会发生，你方对于一个中立区的协议都公然不愿遵守，还有什么理由可以期待你方遵守一个停战协议呢？

9月12日，志愿军第六十七军第五九九团在金城西南537.7、432.8两高地阻击美军第二十五师1个营、南朝鲜军4个营共5个营兵力的进攻，给予进攻部队以沉重打击，歼美军、南朝鲜军970余人。

9月13日，毛泽东致电李克农，并告金日成、彭

共和国的
历程
· 以打促谈

德怀：

乔埃最近的表示，说明"联合国军"已在"转弯"。不管对方今后是否提出更换会址，志愿军方都"应掌握主动，提议或同意在开城复会"。

9 月 18 日，朝鲜人民军经过一个多月的激战，大量杀伤了美军和南朝鲜军有生力量，彻底粉碎了"联合国军"的"夏季攻势"。在此期间，志愿军第一线的第二十七军和第六十四军、第四十七军、第四十二军、第二十六军各一部在西、中线对"联合国军"和南朝鲜军实施战术反击，有力地配合人民军作战。在整个夏季防御作战中，中朝军队共歼灭"联合国军"7.8 万余人。

志愿军积极进行战术反击

为配合朝鲜人民军粉碎"联合国军"的夏季攻势，志愿军第一线各军积极对"联合国军"进行不断的小规模战术反击。

1951 年 9 月 4 日，志愿军党委在伊川西北空寺洞召开了军以上干部参加的党委扩大会议，会议要求全军：

> 要学会阵地攻坚与阵地防御。进攻时，必须稳扎稳打；防御时，要积极防御、节节抗击、反复争夺，不得轻易放弃阵地，同时还要积极地进行阵地反击和小型出击。

会议作了如下部署：

第一，第一线部队，时刻准备打击可能进攻之敌和随时准备歼灭小股出扰之敌。同时，还要积极准备打一些以消灭"联合国军"突出部为目的的小型攻坚战，求得每次歼灭美军一个连至一个营，以取得攻坚作战经验。

第二，为随时防范与还击"联合国军"从正面进攻和在东西海岸登陆，要求全军把进一

粉碎夏季攻势

步加强防御阵地作为战略任务，大力加强第一线和第二线阵地的工事，并着手构筑东西海岸纵深工事和第三线西起海州，东经麟蹄里、南川店、市边里、伊川、洗浦里、淮阳至化川里阵地的工事。

第三，为加强中间运输线，保障供应运输顺畅，全军立即着手修建有战略意义的标准公路，阳德、各山、伊川线，由第三兵团负责；阳德、马新里、佳丽川、洗浦里线，由第九兵团负责；市边里至南川店，市边里至遂安，市边里至五里亭、朔宁线，由第十九兵团负责；洗浦里以东之线，由第二十兵团负责；伊川至玉洞里之线，由第四十二军负责。

在东线，朝鲜人民军在粉碎"联合国军"夏季攻势过程中，志愿军第一线各军配合朝鲜人民军作战，积极地进行了战术反击。

9月1日至3日，位于北汉江以西的第二十七军，以3个团的兵力，在5个炮兵营火力支援下，向注坡里东西一线地区"联合国军"7处阵地实施反击，包括打击"联合国军"反扑，共歼灭"联合国军"1900余人。

9月5日至6日，第四十七军、第四十二军、第六十四军、第二十六军各一部，分别向德寺里、338.1高地、中马山、西方山、斗流峰等"联合国军"阵地实施反击，除第四十二军攻击中马山未能成功外，其余均达到预定歼"联合国军"的目的，共毙伤"联合国军"2000余人，并占领了西方山、斗流峰等要点，改善了平康地区的防御态势。

在这场正义之战中，最著名的战例当属临津江东岸战斗。提到这里，原解放军第一四一师政委梁峻英回忆道：

> 美骑一师的一个加强连，在铁原到涟川的铁路以西的338.1高地的悬崖峭壁上构筑了工事，妄图依靠天险来抵抗志愿军的打击。
>
> 志愿军一三九师四一五团把拿下338.1高地的艰巨任务交给了"战斗模范连"。
>
> 1951年9月6日晚，在经过认真勘察后，部队开始出发，并表示：一定消灭敌人，完成任务。
>
> 19时30分，志愿军趁夜色悄悄摸向338.1高地，并与敌人巧妙周旋，以迅雷不及掩耳之势攻占了山梁。
>
> 攻占山梁后，七班长马忠庆想："应当首先拿掉山头上那挺机关枪。"
>
> 于是，他带领两个组继续往上冲。
>
> 新战士李盛清被子弹打掉两颗门牙，他一手捂着嘴，一手仍向山上扔手榴弹。

粉碎夏季攻势

团员姜顺全被一颗子弹打进了胸膛，他咬紧牙关继续往上冲，还喊口号："同志们！冲上山顶，争取新光荣啊！"

当他冲到山顶后，高兴地喊了一声："呵！志愿军到山顶了！"便倒下了。

石润兴冲到地堡跟前，连着甩进4枚手榴弹，最后和7个鬼子同归于尽。

这时，七班的勇士们如猛虎一般又从山上扑了下来。

经过长达70分钟的激战，志愿军完全、彻底地消灭了敌军。

毙敌连长以下120人，俘敌中士以下12人，缴获各种炮6门，重机枪两挺，轻机枪4挺，长短枪30支，对话机3部，步行机6部，电话单机5部。

在军史上首创了志愿军一连对美军一连的辉煌战例。

战后四一五团记集体一等功一次，被授予"二级英雄连"的光荣称号。

"联合国军"发动的夏季攻势，共持续了一个多月。

"联合国军"在进攻中，每天都有大量的航空兵、炮兵支援和坦克的配合，而且是持续不断地进行猛攻，战斗异常激烈。

朝鲜人民军在洪水为害、交通困难、粮弹供应不足等极端困难的情况下，利用野战工事，进行了顽强阻击和积极反击。

激战3天，"联合国军"仅占我部分前沿支撑点，被迫在8月21日转入重点进攻。

1951年9月，在天德山战斗中，希腊派遣1个步兵营和9架飞机组成的一个空中运输中队，作为美军"王牌"骑兵第一师的附属出现在战场上。在此次战斗中，中国人民志愿军涌现了著名的"天德山英雄连"。

在以美军为首的"联合国军"发动的秋季攻势中，该连奉命守卫临津江东岸天德山阵地。

10月1日清晨，美军第三师第十五团和骑兵第一师一部，在10个炮兵群、25辆坦克和12架飞机的配合下，向天德山阵地发起猛烈进攻。

志愿军第五连官兵英勇抵抗，激战9小时，打退美军11次进攻，毙伤300余人。

10月2日，连队组织小分队主动出击，又毙伤80余人。3日和4日，美军在强大炮火掩护下，连续实施连、营集团进攻。

志愿军五连发扬不怕流血牺牲和连续作战的战斗精神，舍生忘死，顽强抗击，接连打退美军5次攻击。

弹药打光后，用铁锹、枪托、石头与冲上阵地的美军展开激烈搏斗。

连队伤亡严重，连长杨宝山牺牲，政治指导员阎成

粉碎夏季攻势

恩组织仅有的两名伤员和一名通信员顽强坚守，在兄弟连队增援下，击退美军进攻。经 4 昼夜激烈战斗，全连毙敌 800 余人，对取得天德山防御战斗的胜利起到重大作用。

同年 11 月 22 日，中国人民志愿军领导机关授予该连"天德山英雄连"的荣誉称号，并记集体特等功。

三、 秋季防御

● 一条条战壕在加宽延伸，一条条防坦克沟在
把公路切断，刘指导员看到热火朝天的备战
场面，心里感到十分欣慰。

● 毛泽东表示："志愿军应主动地提出在板门
店恢复双方代表团的会议，并保证此协议的
执行。"

● 10 月 25 日，中断了 63 天的谈判重新恢复，
地点选择在板门店。

反击美军发动的秋季攻势

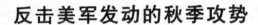

"联合国军"在夏季攻势失败后，仍不甘心，又准备发动新的攻势，以实现其在谈判中提出的无理要求。

志愿军进一步加强防御准备，强调积极防御，节节抗击，对"联合国军"进攻的每一阵地必须与其反复争夺，不得轻易放弃。

为增强防御力量，将第六十五军调至开城地区；第六十八军从阳德地区调至洗浦里地区，准备接替朝鲜人民军第五军团防务；以第六十七军接替第二十七军金城地区防务，第二十七军撤至马转里、阳德地区休整。

1951年9月，被中朝军队打得颜面全无的"联合国军"，为了在谈判桌上增加谈判筹码，发动了所谓的"秋季作战攻势"。

他们调动了美军第七师、第二十一师和李伪第二师、第六师等4个多师的兵力共计7万余人，动用航空兵、炮兵和坦克部队配合作战，对志愿军第六十七军防守的金城地区27公里宽的防御正面大举进攻。

志愿军第六十七军一线防御部队遵照志愿军总部和二十兵团的作战指示，根据作战地段山谷纵横、各支撑点和交通枢纽间极易形成防御空隙，有可能受到"联合国军"坦克威胁等特点，组建了师、团属反坦克连，以保障志愿军防御体系的稳定与完整。

第五九八团反坦克连组建的第二天，就奉命开进至北亭岭、月峰山阵地进行防御作战准备。

刚组建的反坦克连全体指战员战斗情绪高昂，决心在战斗中给新连队连史书写最精彩的开篇。

天刚蒙蒙亮，反坦克连首任连长高二臣和指导员刘国成来到了月峰山主峰阵地上熟悉周围地形。

雄伟的月峰山高约 600 米，南接前沿阵地北亭岭，北接志愿军战略要地五圣山，作战位置十分重要。

在西侧山脚下，9 号公路由南向北穿过，绕到山的北面又转向东北直达金城。紧傍着公路有一条小河沟，越过河沟是一片乱石滩，再向西过去又是一片山峦。

月峰山和西面的山峦把 9 号公路夹在了中间，就像两尊门神站在那里守护着金城的大门。顺着公路向南通过一个小谷地，再走四五公里地就到了北亭岭阵地。

高连长放下手中的望远镜，对身边的刘指导员讲道：

"老刘，这月峰山可是个好战场啊，这次我们把阻击任务抢到了手，一定要使上劲打好建连第一仗！"

"是啊！"刘指导员深知打好建连第一仗的重要意义，反坦克连从组建到现在满打满算才 10 来个小时，全连 80% 都是才补充到前线的新战士，从来也没有参加过战斗，更不要说有什么打坦克的经验了。

如何打好第一仗不是单纯仅有高昂的战斗情绪就可解决问题，还需要实用娴熟的单兵技术和可靠的战斗协

秋季防御

同方案才行。

在团部受领任务时，团长温安仁在作战部署图前向他俩介绍了战役安排和当前的战场形势，交代了反坦克连具体的作战任务和要求。

温团长分析指出：

> 反坦克作战是志愿军面临的一个新问题，也是这次能否粉碎敌人"秋季攻势行动"的重要一环，这项战斗任务既艰巨又光荣。月峰山地区地势开阔，又有9号公路从其间穿过，十分有利于敌坦克运动。
>
> 同时，志愿军团与兄弟团的战斗分界线也在那里。因此，打好这场阻击战对于巩固两个团的防御体系有着至关重要的作用，你们一定要很好地完成这一作战任务！

看到温团长已经讲完，王金泉政委又强调说：

> 敌人最近几天可能就要进攻了，你们回到阵地后，要抓紧对部队的训练教育，思想发动要充分，你们要把月峰山变成一道冲不垮、攻不破的钢铁长城，以弱胜强夺取胜利！

回想到团首长的嘱托，他俩深深感到肩上担子的沉重，他们决心发挥全连干部战士的智慧，群策群力，充分做好打好第一仗的准备。

两人回到连里吃过了早饭，做了分工。高连长带领班以上干部骨干勘察地形，熟悉作战环境；刘指导员前往北亭岭前沿阵地看望正在那里做战前准备的二排和四排手雷班。

爬上了北亭岭前沿阵地，刘指导员看到战士们正在紧张地抢修工事。

在阵地的一角，四排长张志只穿着一件衬衫用力挥动着工兵镐刨挖交通壕，镐尖撞击着石块冒出点点火星。新战士董树才跟在排长的身后，用铁锹把刨碎了的石块和泥土清出壕外，脸上挂满了汗水。

另一边，二排长赵海山和几个刚入伍的小战士也在大声呼喊着把大石块抬出战壕，每一个干部、战士都是汗如雨下。在附近的山头上，不时落下"联合国军"的炮弹爆炸。但修工事的战士们没有一个抬头观望，全都在争分夺秒地全力以赴抢修工事。

一条条战壕在加宽延伸，一条条防坦克沟在把公路切断，刘指导员看到热火朝天的备战场面，心里感到十分欣慰。

刘指导员正在观察着阵地，突然，他一眼瞥见从南面的天空出现了几个小黑点，黑色的影子越来越大，一定是美军的战斗侦察机！

刘指导员连忙跃上公路大声地喊道："同志们，快隐

秋季防御

蔽阵地，敌机来了!"

接着他就和战士们一起抱来路边的杂草和树枝，迅速隐蔽好新开掘的阵地。然后带领战士们来到隐蔽部，和刚组建不久的战士、干部们交谈着即将到来的战斗。

外面的"联合国军"飞机在大声地叫着，来回转悠了几圈就向远方飞去。

对于这次阻击作战的特点，干部和战士们都十分清楚，它不同于以往的阻击作战，这次是实打实地和美军的"铁乌龟"作战，美军的"铁乌龟"装甲既厚火力也猛，参加过战斗的老战士们都感到不太好对付，那么大的铁疙瘩如何才能把它挡住不动呢?

刘指导员引导着战士们说：

志愿军的部队从创建那天起，依靠着大刀、长矛和小米加步枪战胜了日本帝国主义和老蒋800万军队，志愿军依靠的是什么？不是靠先进的武器装备，而是靠具有高度阶级觉悟的革命战士和灵活机动的战略战术，靠的是英勇善战不怕牺牲、誓为人民大众谋幸福的必胜信念。有了娴熟的战斗技能和勇敢牺牲精神，任何装备先进的敌人也不能阻挡志愿军去夺取战斗胜利！

来自黄河岸边的新战士陈友才听了指导员的话说道：

"美军的坦克和老蒋的军队一样都是'纸老虎'，志愿军用小炮和手雷一样能打出当年老八路的威风来！"

新战士们听了小陈的话，期盼即将到来的战斗，情绪更加激昂，他们相信自己一定能战胜美军的"铁乌龟"。

傍晚时分，刘指导员离开北亭岭前沿阵地回到连里，他的口袋里塞满了战士们的入党申请书和决心书。

年轻的志愿军新战士们决心以自己的战斗行动向党和祖国人民汇报。他要尽快把看到的这些情况告诉高连长，建议召开一个全连战斗誓师大会，把北亭岭前沿阵地干部战士的战斗精神在全连推广。

全连的动员誓师大会开得十分成功，高连长跑了20多公里山路，请来了兄弟连队富有战斗经验的反坦克战斗小组传经送宝，基本了解了打坦克的战术动作和突发情况的应对措施。

全连干部战士纷纷表示要打好第一仗，争当反坦克英雄连，为祖国人民争光！

经过19天的精心战斗准备，新组建的五九八团反坦克连的干部战士们不顾头顶上美军飞机的袭扰和地面炮火轰击，凭借着手中的小镐和铁锹，在北亭岭到月峰山之间四五公里的公路上，深挖了7道反坦克壕沟，在山脚下挖了100多个单兵掩体和猫耳洞，在山坡上修筑了反坦克炮阵地和机枪隐蔽部，形成了一个较完善的能攻能守反坦克阵地。

秋季防御

在修筑阵地的同时，他们还利用战前的宝贵时间不分昼夜进行火炮直瞄练习和反坦克手的单兵行动。临阵磨枪不快也光，全连打坦克的战术水平有了很大提高。

10月13日，金城阻击战全线打响。美军和李伪军出动了27个营的兵力，在90多辆坦克和100多架飞机的支援下向第六十七军的防御阵地扑来，在北亭岭南面20多公里的防御正面上，志愿军与美军展开了逐山逐阵地的激烈争夺和拼杀。

第五九八团反坦克连前哨排在高连长的指挥下，正严阵以待美军坦克的到来。北亭岭公路的左侧前端，高连长部署了四排一个反坦克手雷班，后面依次是四班和五班；在公路的右侧，是一排二班和二排六班。整个阵地就像一把老虎钳一样，紧紧地卡住了沿北亭岭山口通往金城的公路。

14日下午14时，从北亭岭南侧传来了隆隆的马达声。一股美军的坦克部队，绕过了志愿军步兵连阵地，向着志愿军反坦克连阵地方向开来。

第一次参加战斗的新战士们，既紧张又好奇地从堑壕里探出头来看着那些屁股冒烟的铁家伙。

第一次看到坦克的新战士们惊奇地发现，那些黑油油的大家伙还真像从河里爬上来的大乌龟。

"不要说话，注意隐蔽！"高连长表情严肃地伏在四排战壕边，嘱咐着身边叽叽喳喳的战士们。

美军坦克喘着粗气"呼隆呼隆"地向着志愿军阵地

冲来，500 米、300 米、200 米，美军坦克越来越近了。炮塔上的身管和机枪随着坦克的颠簸上下摆动着，发动机大声地吼叫着、喷着青烟。

被冲荡起的尘土翻卷着向四周扩散，山沟里被搅起的尘土和油烟笼罩，大地也在履带的冲击下不断地颤抖。紧张，兴奋，前哨排的战士们期待着战斗快快打响！

炮阵地上瞄准手杨启福、周明亮、蒋书田，分别用瞄准镜紧紧地套住运动中的美军坦克；手雷班阵地上的反坦克手陈友才和董树才也攥紧了手中的手雷，只等着出击战斗命令的下达。

"打！"只见二排长赵海山大手一挥，向炮排下达了开火的战斗命令。

随着"轰轰"几声震耳的反坦克炮发射声响，炮排的 4 门反坦克炮的后尾喷出一团团浓烈的火焰，出膛的炮弹直奔美军坦克而去。

狂傲的美军坦克遭到突然的炮火打击，冲在最前面的几辆坦克连忙急刹车停在了原地。他们发现了志愿军炮阵地后，便分散拉开了战斗队形。

坦克炮口、机枪都指向了公路两侧的志愿军炮班阵地。

秋季防御

炮弹和机枪子弹一股脑地泼上山坡，顿时，志愿军炮阵地上弹片横飞、硝烟翻滚。

高连长看到志愿军反坦克炮火受到压制，立即指挥反坦克手雷班出击。手雷班分为两个战斗小组，一组掐腰，二组打尾。

反坦克手陈友才一跃飞出了工事，他按照自己选择的接近美军路线，一路压低身姿向坦克接近。

陈友才离美军坦克只有七八米了，突然，他的脚脖子被满地的藤条绊住不能脱身，他猛地一用力向前扑去，全力挣脱了藤条的束缚。

这时，坦克里的美军似乎发现了他的身影，慌忙掉转车头，一面运动，一面用机枪猛烈射击。子弹"噗噗"地打在地面上。

伏在战壕里的战友们看到陈友才身陷险境，都为他紧紧地捏着一把汗。

战士党员张宝春抓起一颗手雷向连长请求道："连长，我上吧！"

"别急，机枪掩护！"高连长拦住了急切出击的张宝春。

机枪射手李大勇搂紧机枪扣动了扳机，子弹像刮风一样扑向了美军坦克，打得美军坦克机枪周围的钢板"乒啪"乱响。

但这些都没有阻止住美军坦克向陈友才卧身处爬去，美军想用履带把他碾于车下。

陈友才紧紧趴在地上一动不动，他用两眼盯住坦克下面"哗哗"滚动的履带。

美军坦克离陈友才只有 5 米远了，只见陈友才猛地一翻身在地上连翻了 3 个滚，一下子滚到了坦克的左侧，吼叫着的坦克从他身边碾了过去，履带扬起的尘土劈头盖脸把他罩在尘雾里。

美军坦克的车尾摆到了陈友才的眼前，真是打坦克的绝佳良机。

陈友才迅速半蹲起身来，照准美军坦克散热窗把手雷投了出去，又一个半转身急速向另一侧卧倒在地。只听"轰"的一声巨响，一股浓烟冲天而起。

紧接着就听到坦克车里发生了爆炸，"乒乒乓乓"的爆炸声过后，美军坦克趴在原地瘫痪不动，燃起了熊熊大火。

志愿军第五九八团新组建反坦克连首战开门红，极大地鼓舞了前哨排指战员的战斗士气，手雷和炮弹不断往美军坦克身上招呼，炸得美军坦克车体伤痕累累，车内乘员晕头转向。

骄横一时的美军坦克群看到同伙被摧毁，自身也受到志愿军反坦克炮火的威胁，都掉转车头争先恐后地挂挡后窜。

美军坦克群在我英勇的志愿军反坦克手们的沉重打击下，被吓破胆的美军坦克手们一个个都在祈求"上帝"的保佑，保佑他们尽快平安离开这个令人绝望的死亡山谷。

"不能便宜这些狗东西，追上去！"张志大喊一声冲了上去，战士们紧紧跟在他的身后。

狼狈而逃的美军坦克前阻后拥，挤在一起乱成一团。

秋季防御

"嗒嗒"美军坦克上的机枪扫来一阵机枪子弹，张排长敏捷地避开弹雨，靠近了一辆美军坦克。

他正要把手雷投出去时，猛地感到自己腹部一阵剧痛，全身软弱无力，他挺住身体镇定了一下，看到伤口处涌出了鲜血。眼前的美军坦克又蹿出了几米，"绝不能让敌人跑掉！"他咬紧牙关向前急跑几步，用尽全身力气投出了最后一枚手雷。

手雷在空中画过一条弧线，落在美军重型坦克的尾部爆炸，坦克冒出一股浓烟和烈焰。英雄排长张志用自己生命的最后一息，为新组建的反坦克连连史书写了最辉煌的一页！

下午 18 时，火红的晚霞映照着激战后硝烟弥漫的月峰山战场，志愿军反击大部队上来了，追击的人流，越过了还冒着余烟的美军 10 辆坦克残骸奔向南方。

毛泽东指示恢复开城谈判

9月19日，金日成、彭德怀就恢复开城停战谈判问题，复函李奇微：

你的来信及你方首席代表乔埃在9月11日给志愿军方首席代表南日的来信，均承认了美空军飞机在9月10日扫射开城中立区的事实。但却否认9月10日之前"联合国军"在空中与地面上违反开城中立区协议使开城谈判无法继续进行的各次事件，可是这种否认决不能改变或取消志愿军方所掌握的关于这些事件的一切人证和物证。

鉴于你方已经对最近一次"联合国军"破坏开城中立区的事件表示遗憾，并愿对于开城中立区协议的破坏持负责态度。因此，为了不使上述那些未了事件继续妨碍双方谈判的进行，志愿军建议：双方代表应即恢复在开城的停战谈判，而无需再去讨论恢复停战谈判的条件。至于处理上述那些未了事件，并规定和保证开城中立区的严格的协议，在开城停战谈判恢复的第一次会议上由双方协议组织一个适当的机

秋季防御

构来担负这些任务。

你如同意上述意见，望即命令你方联络官与志愿军方联络官洽商在开城恢复谈判的日期和时间。

9 月 23 日，毛泽东致电李克农，并告金日成、彭德怀：

同意正面驳斥李奇微 23 日复信，在信中仍应坚持在开城恢复谈判。

李奇微致信金日成、彭德怀，提出要更换停战谈判地址，建议双方联络官于 24 日在板门店会晤，讨论双方满意的复会条件。

9 月 24 日，双方联络官在板门店会晤。中朝方联络官提出请对方来开城开会，讨论恢复谈判的日期和时间，"联合国军"方则要讨论改变会址，中朝方联络官认为只有双方代表举行会议才有权处理改变开城中立区的协议。为此双方争执不下。后多次会晤均无效果。

取得夜月山防御战胜利

9月29日，"联合国军"在经过充分准备之后，开始发动秋季攻势。"联合国军"先后动用美、英军6个师、南朝鲜军3个师，进攻重点开始为西线涟川、铁原以西地区，以后转向东线北汉江东西地区。

9月29日，美军骑兵第一师八团及第三师十五团、希腊营在约10个炮兵营、25辆坦克配合下，分两路向防守天德山及418高地的志愿军第四十七军四二二团二营发起进攻。

目的是迫使志愿军放弃临津江以东至铁原以西阵地，以解除对涟川至铁原交通干线的威胁，并从翼侧威胁开城，为尔后夺占开城创造条件。

9月29日，美一师、美三师及泰国团、希腊营等部队在300门火炮和150辆坦克的支援下，集中炮火和坦克轰击一四一师守卫的夜月山、天德山阵地，阵地上一片火海。

为了压制美军的火力，二十九团炮兵侦察员李同国冒着美军的炮火爬到阵地前沿，进行校正射击，使志愿军的大炮如同长了眼睛一般。

在美军向志愿军阵地进攻时，李同国手持炮对镜和另外几名侦察兵一边观察一边下达射击口令。

秋季防御

志愿军的炮弹发发都落到了美军中，步兵看到炮兵打得这么准，在阵地上高喊着："炮兵老大哥打得好，为炮兵老大哥请功！"

炮二十九团官兵则越战越勇，当天就打退了美军14次进攻。

10月1日，美军再一次出动5个团的兵力，向天德山以东的无名高地发起进攻，在炮兵二十九团的支援下，步兵与美军激战9个小时，打退了美军的11次进攻。阵地仍然控制在志愿军手里。

美第九军团军团长穆尔少将，也赶到前线指挥。

他下令不惜一切代价要攻下志愿军阵地，美军整营整连地向志愿军阵地发起了冲击。

美军的重炮也向志愿军炮兵发动了猛烈轰击，数千发炮弹落到了炮兵阵地上，阵地上所有的树木和青草都燃烧起来，阵地已经成了平地，可是志愿军的炮火还在不断还击。

于是美军向志愿军的阵地上发射了毒气弹，随着一声声爆炸声，一道道黄烟升上了天空。

"快戴防毒面具，毒气弹！"二连刘连长刚喊了一声，自己先中毒倒在了地上。

中毒的战士也倒在了地上。这时，美军冲了上来，战士们冒着阵地上的毒气烟雾向美军开炮。

一阵炮火将冲上来的美军压了下去。

快到黄昏的时候，美军在志愿军阵地后面集结了大约一个营的兵力。

接到步兵的报告后，志愿军炮兵侦察兵张通江悄悄爬出阵地，来到美军集结地前面的小山包上，借着一缕光亮，准确地计算出了标尺，把口令传了下去。

不大会儿工夫，一排炮弹落到了美军中，美军死的死，伤的伤，一片鬼哭狼嚎，纷纷逃命去了。

这次防御作战历时 30 天，李奇微精心策划的"秋季攻势"，以死伤 7.9 万人的惨重代价而告失败。

秋季防御

再获朔宁东南防御战胜利

1951 年 10 月 1 日至 10 月 10 日，中国人民志愿军第四十七军第四一五团，在朝鲜朔宁东南地区进行防御战斗。

10 月 1 日，美军骑兵第一师第七、第八团及希腊营，在 252 门火炮、52 门迫击炮、127 辆坦克自行火炮及航空兵支援下，向志愿军第四十七师第四一五团守备的朔宁东南地区的阵地发动进攻。第四一五团顽强抗击，坚守阵地。

5 日后，第四一五团得到 5 个连兵力增援。激战持续到 10 日，美军由于伤亡惨重而不能支持，退到 222、218.4 两高地及严岘东南无名高地，构筑工事，暂转防守。四一五团在 10 天的坚守防御战中，依托野战阵地，打退美军连续多次的冲击，守住了基本阵地，而且共毙伤美军 5100 人。

第四十七军第一三九师第四一五团，于 1951 年 8 月 25 日担任朔宁东南高作洞至莫洞地段防御，与位于三串里、大光里地区的美骑兵第一师的第七、第八团及希腊营相对峙。

9 月 29 日以后，美骑兵第一师、美第三师、英联邦师在西线发动"秋季攻势"，第四一五团正面与第四一六团之 346.6 高地及大虎洞东山地区，是"联合国军"的主要突破地段。

第四一五团为粉碎美军之进攻，稳定防御，将主要力量配置在 250 高地、莫洞西山、青云洞、佛门洞地域，并构筑坚固的防御工事。其部署是：

第三营担任高作洞、250 高地、正洞西山地域防御；第二营担任 250 高地、莫洞西山、陶渊里地域防御；第一营为团第二梯队，配置在 238.4 高地及积洞山里西北山、265 高地地域。

9 月 29 日，"联合国军"发动"秋季攻势"。首先对第一四一师正面之夜月山攻击，对第四一五团阵地则以航空兵轰炸。

10 月 1 日拂晓，对第四一五团前沿阵地进行猛烈炮击，12 时后，美军约一个营向该团阵地接近。

2 日 6 时 40 分，对方以一个营与坦克、汽车集结，第四一五团即以火炮向其进行 6 分钟的火力急袭，给予对方重大的杀伤。

3 日，"联合国军"步兵 7 个连、坦克 30 辆，在炮火支援下向第四一五团全线发起进攻。防守高作洞的第八连和防守 230.4 高地的第九连，连续打退"联合国军"的步坦冲击，歼灭美军数十人。向第二营正面进攻之美军一个连，于 8 时进至严岘西无名高地时被击退。

9 时起，美军以两个连向 272 高地先后两次冲击，也被击退。

秋季防御

14 时，美军对 272 高地炮击 30 分钟后，向第五连阵地冲击，曾一度突入部分阵地，但终被击退，并被毙伤 40 余人。美军另两个连从 10 时起先后两次冲击莫洞西山第三连阵地，激战至 14 时许，该连将美军击退，毙美军 100 余人。

当晚，师对该团部署作了部分调整：287.2 高地由第四一六团三连防守，第四一五团三连防守严岘西无名高地。

4 日 4 时至 7 时，美军对第四一五团阵地进行持续炮击和飞机轰炸。

7 时起，美军两个连向 272 高地第五连阵地连续冲击，前 3 次冲击被击退，第 4 次冲击，由翼侧突入第五连四班阵地。

据此，二营炮兵对突入美军进行炮击，师炮兵亦对美军第二梯队进行拦阻，五连以一个排对突入美军进行反冲击，将突入美军全歼。

7 时 50 分，美军两个连向黑石洞东北山第九连第一排冲击两次，亦被击退。

13 时，左邻莫洞西山及 287.2 高地失守。15 时，第一连奉命对该地美军反冲击，激战 30 分钟，夺回阵地。第五连因连日激战，伤亡较重。22 时，第四连与第五连换班。

6 日拂晓，美军以一个营向 234 高地、345.6 高地接近，9 时 30 分被第九连与第六连交叉火力击退。

10分钟后，美军以两个排至两个连连续冲击3次，再次被击退。

7日至10日，美军连续向志愿军第四一五团阵地发动进攻。第四一五团各营顽强抗击，战斗异常激烈，阵地失而复得。

10日22时，第四一五团退出战斗，由第四八〇团接防。此次战斗，志愿军共歼灭美军5172人。

秋季防御

打赢马良山地区反击战

马良山位于开城东北约40公里，是临津江右岸江湾地带的主要制高点之一，主峰海拔317米。

该地区地形北高南低，防区内有黄鸡山、高旺山、马良山、烽火山等战术要点，左翼有临津江屏障。水郁市、回山洞地区和沙尾川地区，地形比较开阔。

两条主要公路纵贯防御纵深。该师当面的"联合国军"为英联邦第一师、美骑兵第一师第五团、比利时营、南朝鲜军第一师一部和炮兵5个营、坦克一个营又两个连，可谓真正的"联合国军"。

根据当面地形和任务，该师成纵深梯次配置，并重点防守师的右翼方向。其基本部署是：

以第五七二团为师第一梯队右翼团，防守青廷里、鸡鸣山、上马洞、黄项地区，将主要力量配置在黄鸡山和烽火山地区；以第五七一团为师第一梯队左翼团，防守鸡鸣里、水郁市、辛梨洞、注乙洞地区，将主要力量配置在高旺山和马良山地区；以第五七三团为师第二梯队，以一个炮兵团组成师炮兵群，另有一个高射炮兵营担任对空掩护任务。

1951 年 10 月 2 日，"联合国军"以两个连的兵力向该师的右翼第五七二团进行试探性进攻。

该团防守部队与其激战一小时后，主动撤出战斗。同时，"联合国军"以一个营的兵力占领了 199.4 高地，另一部兵力占领了 238 高地。

3 日 6 时许，"联合国军"以一个团的兵力附坦克 21 辆，在大量炮兵和 24 架飞机支援下分别向第五七二团防守的防内洞南山、望云里西山、207.5 高地及以西无名高地攻击，这个团击退"联合国军"4 次冲击后，就主动撤出上述阵地。

4 日晨，英第二十九旅及美骑兵第一师一部共约两个团的兵力，在坦克、飞机、大炮的支援下继续向该师第一梯队团阵地猛攻。其在攻占右翼第五七二团防守的 187.4 高地、187 高地、210 高地、180 高地后，集中约一个多团的兵力，从东、南两面向左翼防守的高旺山实施连续集团突击。

另一个营向该团防守的 227 高地攻击。并以一部兵力向该团防守的马良山东南山脊进行试探性攻击。该师防守上述各高地分队，在与"联合国军"反复争夺，歼其 600 余人后，主动撤离高旺山、227 高地及以南一线阵地，"联合国军"从东、南两面逼近了马良山地区。

根据 3 天来战斗进展情况，该师判断"联合国军"主要进攻方向为马良山地区，遂决心改变主要防御方向，

秋季防御

加强马良山地区的防御，并于当晚进行了部署调整。

5日6时许，"联合国军"以4个营的兵力向防守马良山地区的该师左翼第五七一团发起进攻。美骑兵第一师第五团约两个营的兵力，攻至高阳堡北山一线高地和幕岱洞东北侧诸高地时，遭志愿军防守分队第一、第二连的大量杀伤。随后，该二连撤至马良山主峰。

与此同时，"联合国军"约一个营的兵力向三连防守的马良山东南山脊攻击，该连在击退美军数次冲击后，即撤至280高地。

"联合国军"占领一营大部阵地后，继续从三面向马良山主峰攻击，一营连续击退"联合国军"7次冲锋后，至15时50分，马良山主峰失守。

当晚，志愿军该团组织4个连的兵力，乘"联合国军"立足未稳，分两路向马良山实施反冲击，收复了阵地。当日战斗共毙伤"联合国军"800余人。

6日7时20分，"联合国军"以一个团的兵力发起猛攻，马良山主峰再度失守。

随即又被志愿军反冲击夺回。坚守216.8高地的七连连续击退"联合国军"一个连至两个营兵力的11次冲击，粉碎了其从该高地迂回马良山的企图。

"联合国军"伤亡惨重，仅216.8高地就死伤40余人，马良山主峰和216.8高地屹立未动。

7日，"联合国军"继续进攻马良山主峰。5时30分，其对216.8高地、马良山主峰及280高地疯狂炮击达

3 小时之久，发射炮弹两万余发，同时以飞机 20 余架次，投掷大量凝固汽油弹和烟幕弹。

8 时 30 分，"联合国军"以一个步兵团的兵力在坦克 60 余辆支援下，向马良山主峰轮番冲锋，至 15 时许占领该高地。当晚原防守该高地的第五七一团又与"联合国军"反复争夺，两度收复阵地，但 8 日拂晓前又被"联合国军"占领。

第六十四军为保存实力，令该师撤出 216.8 高地，在黄鸡山一线阵地与"联合国军"对峙。

8 日，"联合国军"对 216.8 高地轰炸达 10 小时之久，至日落前才占领该高地。

"联合国军"占领马良山后，调整了部署，以英格兰皇家边防团防守马良山。该团接防后经近一个月的准备，构筑了以地堡群为骨干、明暗火力点相结合的支撑点式的坚固环形防御阵地。

第一九一师为向马良山"联合国军"反击，收复和巩固马良山一线阵地，进行了充分的准备，在距"联合国军"前 200 米至 500 米的进攻出发地上，构筑了屯兵洞和营连指挥所、重火器发射掩体。

该师在完成一切攻击准备之后，于 11 月 4 日 16 时向马良山"联合国军"展开反击。

向 216.8 高地攻击的两个连在炮火掩护下，仅 13 分钟就攻占了该高地，全歼"联合国军"一个排。向 216.8 高地东北无名高地进攻的一个连，采取少数兵力正面牵

秋季防御

制，主力两翼迂回战法，全歼"联合国军"守军第二连。

与此同时，该师第五七三团四、五连各以一部兵力，将马良山主峰与280高地、280高地与其以西无名高地割裂。五连主力15分钟即攻占了280高地以西无名高地，全歼"联合国军"守军第四连。第二、第三连协同攻击马良山主峰，经20分钟激战，歼"联合国军"守军一个连和英苏格兰皇家边防团团部各大部。

攻击280高地的第四连攻击未果，第六连接替第四连攻击仍未奏效，最后第九连以正面牵制，侧翼攻击战法攻占了该高地，歼"联合国军"第三连大部，至此，该师重占马良山地区。

5、6两日，"联合国军"以两个营的兵力在飞机、炮火掩护下向马良山阵地反扑，均被击退。这次战斗，共歼"联合国军"4441人，给"联合国军"以沉重打击，有力地配合了开城停战谈判。

在第四十七军防御正面进攻的"联合国军"为美骑一师、美三师等共5个多团的兵力，其进攻重点是天德山及其以西418高地。

志愿军防守该两阵地的第一四一师一个营，每天抗击"联合国军"两个步兵团的连续进攻，平均击退"联合国军"10余次冲击。

激战至5日，最后只剩副团长带10余名轻伤员，仍顽强坚守住天德山阵地。最后在遭"联合国军"三面包围的情况下，才主动撤退。

6日后，"联合国军"开始在强大火力支援下，逐点攻击志愿军334高地至高作洞地段。志愿军在346.6高地、287.2高地、345.6高地与"联合国军"展开反复争夺。

11日，志愿军向进占上浦防的"联合国军"举行反击，全歼美骑一师两个步兵连和一个火器连。

战至18日，志愿军主动放弃该线阵地，"联合国军"在西线发动的攻势亦因伤亡惨重而被迫停止。志愿军共毙伤"联合国军"2.2万余人，"联合国军"仅前进3~4公里。

志愿军参谋谢培城在《志愿军指挥的一次炮战》中写道：

> 1951年秋，著名的马良山战斗前夕。我在志愿军第六十四军炮团当侦察参谋，第一次上战场。
>
> 志愿军团的炮是缴获日本的马拉山炮，落后得很。团长要我和六连去前线，用炮封锁一个路口。
>
> 到了连里，连长、指导员明确地说，你名义上是协助志愿军工作，其实你就是指挥员，志愿军们听你的。
>
> 论经验，他们参加过解放战争，我是1949年底才考入军政大学，顶多比他们文化程度高

秋季防御

些，射击学、测量学懂得多些。学生兵，能指挥什么呢？

"在战争中学习战争，你就放心大胆地干吧！"连长的话，我只得听从。

夜，黑沉沉的。

走了10多公里路，一群敌机就来欢迎了，曳光弹把夜空照得如同白昼。如果发现了志愿军，肯定是一顿狂轰滥炸。连长说要立即疏散，我认为来不及，还是就地隐蔽好。

连长同意了，命令部队原地卧倒，好在部队炮、马、人员早已插上了树枝，敌机不容易看得见，飞走了。过了一会儿，敌机又来了，曳光弹通亮，志愿军们又只好卧倒。

"这样下去怎么行呢，肯定天亮以前到不了目的地，完不成任务。谢参谋，你说怎么办？"连长愁眉紧锁。

第一个难题出来了，作为团部的参谋，必须解决。

我打开五万分之一的军事地图，铺在地上，用手电筒照着看。连长、指导员也凑了过来，蹲在地上，仔细瞧。我看了地图，又借助微弱的星光，观察了四周地形，作出了一个大胆而艰苦的决定："走山路，两旁尽是树木，敌机是看不到的，即使飞来了，我们不理睬，照样大踏步前进。"

"好办法!"连长、指导员异口同声地说。

指导员说:"一是走了弯路;二是增加了行军的难度。'联合国军'逼得志愿军们受苦受罪,有什么法子呢?"

我立即命令部队拐弯上山。走出了大山,快到目的地,大家的心情轻松下来,坐下休息,吃把炒面充饥。我不能休息,到前面一座小石桥查看,不看不知道,一看吓一跳,第二个难题来了:桥已炸毁,炮队过不去。连长、指导员来到了我身边,见我怔怔站着,脸上出冷汗,手上的地图在风中飘动,甚觉奇怪。

我指着石桥,连连叹气。还有别的桥吗?连长也着急了。有倒是有,只是又要走很多弯路,而且不知是否又被炸毁?想来想去,只有实地趟水测量。我铺开地图,对照实地察看了一会儿,估计往上游走200米,水流缓慢,也许可以趟过去。我和连部通信员走过去,测量水深,果不出所料,水只有1.2米深,完全可以趟水过河。

过了河,爬过一座山,就到了目的地。此时,东方已现出鱼肚白。

一夜急行军够累的,晨风吹来,吹得连队的同志呼呼入了梦乡。

　　傍晚，我和侦察小组的同志，测量了目标的方向距离，在地图上定好了炮观察所的位置，连长说一切准备就绪，单等发射的命令。

　　可是，我对于开炮试射却犹豫起来。开炮试测目标，可以获得准确的射击数据，但射击之后，得立即转移阵地。

　　这是因为"联合国军"有先进的仪器，根据开炮时的光和声，可以很快测出我方的炮位，随之飞机呼啸而来轰炸，或者大炮立即还击。要转移阵地，就得重新选择阵地，重新挖掘，不仅费时费力，且危险性大。不试射也可以，利用地图，以简易法可获得射击数据，没经过修正，偏差会大，正式射击时，修正往往来不及。这是我遇到的第三个难题。

　　连长、指导员了解情况后，鼓励我说："你作决定吧。"

　　望着他们殷切而诚恳的目光，我终于下了试射的决心。瞄准手是新兵，第一次上战场不免有些慌张，把方向数装错了。

　　射偏了200米。观察所的计算兵正要下令纠正时，我在望远镜中忽然看到炮弹炸处，"联合国军"四处溃逃。

　　本来，试射不是打击这些"联合国军"的，而是想获得隘口的准确数据，想不到歪打正着，炸了敌窝, 岂能放过! 战场上瞬息万变, 我为何不可以灵活些, 狠狠打击"联合国军"?

不容我向连长报告, 迅速命令各炮装 4 发, 齐射! 阵地不了解观察所的情况, 以为命令下错了, 打电话询问。战机岂能错过?!

我火了, 狠狠地说:"急速射! 听到了吗? 预——备——放!"

36 发炮弹一齐飞向了敌群, 打得"联合国军"鬼哭狼嚎。只可惜稍稍耽误了点时间, 要不然把"联合国军"全都包了饺子。事后, 团部通报表扬了六连和侦察组。

第六十八军第二〇三师干部杨景山在《志愿军所经历的抗美援朝战争——杨景山自述》中回忆:

9 月底, 敌人对志愿军中西防线发起所谓"秋季攻势"。为粉碎"联合国军"的秋季攻势, 志愿军部奉命二赴临津江东, 在天德山、马良山一线设防。敌人以两个美军师、两个英国旅和一个加拿大旅向志愿军高旺山、高作洞、马良山、天德山一线将近 23 公里的防御正面实施攻击。

志愿军团指挥所设在离阵地 2000 米左右的一个比较隐蔽的山坳里, 后勤、机关等部门都

秋季防御

住在附近山坳自己构筑的防空洞里。

志愿军们离阵地虽有四五公里路，但"联合国军"的炮火随时威胁着志愿军们，敌炮兵校正机整天在上空侦察，并给敌炮兵指示目标进行炮击。

当一营前沿阵地争夺激烈的时候，政治处主任高巨官交给我一个任务，让我带政治处在家的干事和勤杂人员送一批弹药到一营指挥所。

我带着这10多个人到后勤处领取弹药时，提出一个要求，把所有要送的弹药都用子弹袋背在身上或把箱子捆绑在背上，以利行动。

一营指挥所设在公路边，背靠阵地一个天然山洞里，公路下边是一条河，地势很隐蔽。从这里到前沿阵地，中间有四五百米的开阔地，是"联合国军"炮火封锁的重点地段。

当我们把弹药送到一营指挥所后，副教导员苏业生说："前沿阵地正需要弹药，我们这里没有什么多余的人，请帮助把弹药送到阵地上。"

我说可以，但到阵地的路线我们不熟，请派个人带路。他派了一个通信员带路，我们紧随其后。

走出200多米，因天太黑，通信员也记不清路了。其实哪有什么路，只是摸索方向前进。

通信员让我们先伏在一条田坎下，他到前面探路，刚走出几步一阵排炮在我们前面爆炸，密集的爆炸持续了一分多钟，我想前面的通信员可能"光荣"了。

当排炮一停，通信员突然在前面跃起大喊："快跑！"

我们也立即跃起向前面的山根前冲去。因土都被炸松了，一脚踩下陷进很深，大家顾不了许多，干脆爬着前进速度反而快一点。

当爬到山根前，这里已成死角，敌炮是打不到的，我让大家先休息一下再上山。

又一阵敌炮打过后，我们才上山，把弹药送到坑道里，这时"联合国军"没有发动攻击，除山顶的警戒外，部队都在坑道里休息隐蔽。战士们看到我们送来了弹药都很高兴，拿出压缩饼干和水给我们吃。

我们不能吃阵地上的东西，因为一切东西送到这里来都要付出很大的代价。

当又一轮排炮越过山顶爆炸后，大家不顾天黑迅速往山下冲去，虽不断有冷炮打在附近，大家全然不顾，四五百米的死亡线被我们很快冲过来了。

回到一营指挥所休息时，排炮又响了起来。

我们大家都笑了："美帝是个大笨蛋，用排

秋季防御

历程 · 以打促谈

炮封锁我们，又要把封锁的时间告诉我们。"

我向高主任汇报了完成任务的情况。高主任听后很高兴地说："你不但超额完成了任务，更重要的是把队伍完好无损地带了回来。"

面对"联合国军"的秋季攻势，中朝军队英勇抗击，以20多天歼灭"联合国军"15万余人的战果，把美帝又打回到谈判桌上来了，促进了开城停战谈判的重新恢复。

成功组织金城以南防御战

抗美援朝战争时期，中国人民志愿军第六十七军在朝鲜金城以南地区进行防御战斗。

1951 年，"联合国军"发动的夏季攻势被粉碎后，于 9 月下旬又发起了秋季进攻。此次进攻首先在西线发起，受挫后，又于 10 月 8 日向中线志愿军第二十兵团正面进攻。

第六十七军在第二十兵团编成内，担任中线主要防御任务，在 537.7 高地、旧岱东两公里无名高地、道士洞、法首岘里地带组织防御，阻止"联合国军"沿 602.2 高地、金城向昌道里进攻与由北亭岭、烽火山向金城的进攻。

第六十七军正面进攻之"联合国军"为美第九军之第七、第二十四师，南朝鲜军第二、第六师，美第一军第二十五师一个团，主要突击方向为由 602.2 高地、金城指向昌道里，企图占领昌道里东西地区，造成侧击志愿军五圣山阵地之态势。

第六十七军根据当面地形及任务，决心将主要兵力武器集中于北亭岭、广大洞地段，坚决挫败"联合国军"的进攻。具体部署是：第二〇〇师在 537.7 高地、602.2 高地、龙岩里、塔巨里地带进行防御，阻敌由北亭岭与 602.2 高地向金城方向进攻。

第一九九师在后沿洞北山、旧岱东两公里无名高地、泗川里、龙岩里地带进行防御，阻止"联合国军"由细岘里向金城方向的进攻。

第二〇一师为军第二梯队，位于下塔巨里、马加之、城山、古直木里地域，防守第二防御地带并准备歼灭可能在板桥里地区的空降"联合国军"。

1951 年 10 月 13 日，防御战斗开始。

3 时，"联合国军"开始炮火准备。5 时 30 分，以 17 个营的兵力在 90 辆坦克和 100 余架飞机的支援下，向第六十七军正面发起了进攻。

在第二〇〇师正面，南朝鲜军第二师以一个多团向芦洞北山、杨谷东山、北亭岭南山、491.8 高地诸阵地进攻，当日除杨谷东山被"联合国军"占领外，对其他阵地进攻的"联合国军"均被击退；南朝鲜军第二师、美第七师共展开 8 个营向榛岘里至巨里室进攻，防守该地区阵地的第五九八团顽强抗击进攻的"联合国军"。该团第七连击退"联合国军"两个营的 13 次冲击，该团第三连在抗击两个营的进攻中毙"联合国军"600 余人。

在第一九九师正面，南朝鲜军第六师两个营和美军一部从三面向 569.5 高地进攻，防守该高地的部队顽强抗击，"联合国军"在付出沉重代价后占领该高地及 588 高地、内城洞里之线；南朝鲜军第六师以一个团分三路围攻旧岱西高地，防守该高地部队打退"联合国军"60 余次冲击，守住了阵地。

全线激战，毙伤敌 5000 余人，前沿部分阵地失守，特别是 569.5 高地失守，使第一九九师金城川以南阵地受"联合国军"钳制，不利继续防御，军部命令该师于当夜撤至金城川以北继续组织防御。

14 日，美第二十四师进入战斗，在一线共展开 27 个营的兵力，在 80 余辆坦克支援下，于 5 时开始进攻。

"联合国军" 5 个营，坦克 30 余辆向第六〇〇团正面进攻，激战日终，芦洞北山、462.3 高地、北亭岭北山、491.8 高地被"联合国军"占领；"联合国军"约 4 个团的兵力向榛岘里、瑞云里以南地区突击。坚守 734 高地以北无名高地的一个连在打退"联合国军" 8 次冲锋后阵地失守。

坚守 632.5 高地的一个连在"联合国军"两个多营、20 余辆坦克的连续冲击下战至最后一人，阵地被"联合国军"占领。坚守 602 高地以北高地的一个连抗击"联合国军"两个多营的 7 次冲击，守住了阵地。"联合国军"一个多团的兵力向巨里室北山第五九六团一个营进攻，战至黄昏，"联合国军"以伤亡 400 余人的代价占领巨里室北山。

15 日，"联合国军"继续进攻。因 602.2 高地以北高地仍为志愿军所坚守，"联合国军"遂以两个团的兵力从两侧对该地进行迂回攻击。一个团及坦克 40 辆向豆粟洞西山、月峰山进攻，当日占领豆粟洞西山。一个团及 20 辆坦克向芦洞里北山及细岘里北山冲击，当日占领芦洞

秋季防御

里北山。

16 日，"联合国军"两个营及 40 辆坦克猛攻月峰山，至 16 时占领了该阵地。正面坚守 602.2 高地以北高地的第五九八团两个连，连续两日抗击了"联合国军"一个营至一个团的进攻，至 16 日夜，"联合国军"仅占 602.2 高地以北两个高地。

由于 602.2 高地的坚守，迟滞了美第二十四师的前进，两天中，"联合国军"虽疯狂冲击，且付出了死伤 7000 余人的代价，但其占领梨船洞以西高地之企图仍未得逞。

第六十七军首长鉴于第一梯队师连日作战伤亡较大，为巩固防御阵地，挫败"联合国军"的进攻，遂将军第二梯队投入战斗。

17 日，"联合国军"因伤亡惨重无力全线进攻，遂集中力量对第六十七军各主要阵地进行逐个夺取。

南朝鲜军第二师以两个营进攻 476.8 高地，以一个营进攻 418.6 高地，以一个营向月峰里、南屯里北山冲击，以策应其夺取梨船洞以西地区战斗；对梨船洞以西高地，"联合国军"则以 5 个营的兵力进行围攻，战至当日夜，坚守部队突围，"联合国军"以死伤 4000 余人的代价占领该阵地。

"联合国军"占领梨船洞地区后，主要进攻目标即指向烽火山、轿岩山。向烽火山进攻之敌，于 18 日 19 时从三面占领了该阵地周围的诸高地。

19 日，"联合国军"以两个营及 60 辆坦克进攻 443

高地，企图由此迂回轿岩山阵地。至黄昏，该阵地被"联合国军"占领。443高地失守使轿岩山阵地右翼暴露，第六十七军即以部分兵力组织反冲击，该阵地一度恢复，但随即又被对方占领。

20日，"联合国军"从三面对该阵地冲击40余次，13时，坚守该高地的志愿军大部壮烈牺牲，16时阵地被对方占领。尔后，"联合国军"又相继占领灰古介、434高地地区。至此，对方在该方向停止了进攻。进攻轿岩山的"联合国军"，18日以一个营另两个连及30余辆坦克攻击未逞。

20日，对方集中一个多团的兵力进攻轿岩山，经反复争夺，轿岩山西南高地为"联合国军"占领。

21日5时，对方以一个多团的兵力对轿岩山疯狂进攻，坚守部队与对方激战到16时，大部牺牲，对方占领轿岩山。

22日，对方向600高地、690.1高地、522.6高地进攻，但均被击退。此次经10天激战，毙伤对方2.3万余人，终于挫败了"联合国军"的进攻。

1951年10月初，火箭炮兵第二〇二团奉命配属中线第四十七军作战。第四十七军当面是美军王牌之一骑兵第一师。名为骑兵师，实际上是一支机械化部队。该部在"秋季攻势"中进占志愿军添木洞、正洞阵地后，凭借坚固工事抗击志愿军反击。

志愿军攻击前炮火准备时，他们躲在工事里。志愿

军步兵发起冲击时，则又钻出工事来抗击；使志愿军炮火支援处于"投鼠忌器"的境地。

炮兵第二〇二团打仗机动灵活，战法多变。

团长张福隆、政委王建书、参谋长孟恩捷、政治处主任董凤梧根据喀秋莎火箭炮弹群密集、覆盖目标面积大、发射速度快的优势，与步兵商讨，提出采取"诱敌出巢，尔后齐放"的战法。经军首长批准组织实施。

反击战发起的当晚，炮二〇二团于涟川以北之青木洞等地域占领发射阵地，"守株待兔"。

步兵和兄弟炮种部队按步炮协同计划，对野、榴炮与机枪对对方阵地进行短促猛烈射击，然后突然停止，吹起冲锋号，志愿军步兵佯攻，诱对方出巢。

当躲在坚固工事内的美军钻出工事来对志愿军抗击时，志愿军炮兵二〇二团全部喀秋莎火箭炮突然齐放发射，将"联合国军"杀伤于工事之外，美骑一师 800 余人被歼。随即，志愿军步兵发起冲锋，迅速夺回了添木洞阵地。这次战斗，为志愿军"喀秋莎"火箭炮兵与步兵协同，歼灭凭坚固守的"联合国军"创造了一个绝妙的战例。

11 月，"喀秋莎"火箭炮兵第二〇一团在团长李光前、政委杨秀偕率领下，配属西线第六十四军，于晚笛洞、板桥洞一带占领阵地，向进占志愿军马良山、高旺山阵地的英军第二十九旅连续反击，先后 5 次齐发，歼灭英军近 700 人。

志愿军鏖战东线文登里

1951 年 9 月 21 日，美军第二十五师、第七师、南朝鲜军第二师、第六师等各一部共 8 个步兵营，在 78 辆坦克、百余门大炮及大量飞机的支援下，在东线从甘凤里至北汉江一线，向志愿军第六十七军第一九九师、第二〇〇师阵地发起"特种混合支队作战试验"进攻战斗。

志愿军该两师共 8 个连，在前沿几个要点上，坚决抗击美军和南朝鲜军的连续冲击。

其中第二〇〇师一个连击退一个营兵力的 7 次冲击，战至全连仅存 21 个人，守住阵地。此战共歼美军和南朝鲜军 1140 余人，击毁坦克 15 辆。

1951 年 10 月，以美军为首的"联合国军"及其指挥的南朝鲜军在秋季进攻战役中，向志愿军第六十八军第二〇四师防守的文登里地区实施了"坦克劈入战"。

文登里地区是一条宽几十米到数百米不等的南北走向的山谷，西靠鱼隐山，东邻伤心岭，中央纵贯一条公路，直通志愿军后方，其地形平坦，便于坦克机械化部队运动。

10 月 8 日，美军第二师加强坦克第七十二营、南朝鲜军第八师、战车第三十一大队和法国营，在航空兵、炮兵支援下，以近百辆坦克配合步兵向坚守文登里公路

秋季防御

的第二〇四师阵地发起了猛烈的进攻，自称其为"坦克劈入战"，企图一举突破文登里防御阵地，而后攻占东线纵深要点鱼隐山。

正在接替朝鲜人民军防务的志愿军第二〇四师六一〇团，将加强和成建制的 76.2 毫米口径加农炮一个营、山炮一个连、工兵一个连，以及无后坐力炮 27 门、火箭筒 49 具，编成反坦克大队，下辖两个反坦克中队和 6 个打坦克歼击组，在文登里、内洞上下深浦公路两侧构成纵深梯次配备的反坦克地域，坚决歼灭突入之"联合国军"，粉碎其"坦克劈入战"。

10 月 11 日，美军第二师以 30 余辆坦克在飞机火炮的支援下，引导步兵向第六一〇团阵地进攻。当 10 余辆坦克突入防御纵深上深浦地区时，第六一〇团反坦克大队首先组织 76.2 毫米加农炮和山炮直接瞄准射击。

与此同时，第二中队打坦克歼击组沿水青里沟迅速从翼侧向坦克隐蔽接近，在距先头坦克约 10 米处，以手雷将其炸毁。

随后，利用爆烟迅速转移，用同样方法将第二辆坦克炸伤。此时，反坦克大队以无后坐力炮、火箭筒分别在 150 米距离上又击伤坦克 3 辆，美军其余坦克掉头逃回。

12 日 8 时，美军先以航空兵、炮兵进行火力准备，随即在杨村西侧展开了 30 辆坦克，对第二〇四师防御前沿及公路两侧阵地进行了约一个小时的破坏性射击。

12 日 10 时 15 分，美军第二十三团在 48 辆坦克及炮兵掩护下，以梯次队形沿公路向六一〇团实施了猛烈的攻击。

第二〇四师不断以纵深炮火对美军坦克实施拦阻射击；第二反坦克中队迅速进入阻击阵地，当距先头坦克 150 米时突然开火，以 6 发炮弹击毁坦克两辆，击伤一辆。美军遭连续打击后，调整部署，以 30 余辆坦克继续发起冲击。

第六一〇团在公路两侧分队用无后坐力炮和火箭筒进行游动直瞄射击，击毁坦克 5 辆，击伤一辆。

16 时，美军坦克无力再行攻击，遂施放烟幕弹掩护撤退。第一、二中队打坦克歼击组乘机前伸，拦头截击，以手雷、爆破筒炸毁、炸伤坦克各两辆。

17 时，美军丢弃 18 辆坦克仓皇逃窜。

14 日 7 时 50 分，美军坦克 8 辆组成"前三角"队形且战且进，被打坦克歼击组全部击毁。

经 3 天激战，美军元气大伤，遂改变战术，离开公路，沿两侧河岸、沟渠、稻田逐段轮番攻击。反坦克大队针对情况变化，将反坦克火器推进至防御前沿，并采取多种方式大量布雷，截至 31 日，共炸毁坦克 10 辆。

在东线，美军第二师两个团、南朝鲜军第八师一个团，从 10 月 5 日开始向朝鲜人民军第五军团防守的文登里地区进攻。

7 日，志愿军第六十八军接替朝鲜人民军第五军团的

秋季防御

防务。

8日，"联合国军"的攻势转向北汉江东西地区的第六十七军和第六十八军。

当日，美军第二师、南朝鲜军第八师在坦克40余辆配合下，向文登里至北汉江地段实施进攻。并以"坦克劈入战"——每次集中数十辆至200余辆坦克，在其航空兵及炮兵火力支援下，猛烈突击。

第六十八军边接防边战斗，针对"联合国军"大量使用坦克的特点，以步兵防坦克歼击组、无坐力炮分队及工兵分队组成反坦克大队，设置反坦克阵地，开展反坦克作战。

经13昼夜战斗，毙伤俘"联合国军"7600余人，击毁坦克28辆，击伤8辆，粉碎了"联合国军"以"坦克劈入战"攻取文登里的企图。

在第六十七军当面，"联合国军"集中美军第七、第二十四师及南朝鲜军第二、第六师，在200余辆坦克、14个炮兵营及大量飞机支援下，于10月13日发起进攻。

第六十七军依托阵地顽强阻击，第一梯队师、团均组织了反坦克分队，并在便于美军坦克通行的道路上，设置了大量的防坦克障碍物，使美军坦克不敢大胆揳入。

战至15日，"联合国军"以伤亡1.7万余人的代价，前进不足两公里，美军第七师因伤亡惨重撤至二线休整。

16日后，"联合国军"转为集中兵力、火力对金城以南几处要点逐个进行攻击。

第六十七军以第二〇一师接替第一九九师防务，以上级加强的第六十八军第二〇三师接替第二〇〇师防务。

防守部队昼间抗击，夜间反击，对每一阵地与"联合国军"展开反复争夺。

战至 21 日，"联合国军"以伤亡 2.3 万余人、损失坦克 47 辆的代价，占领了梨船洞地区和烽火山、轿岩山等要点。

22 日，在第六十七军的顽强阻击下，"联合国军"停止了进攻。"联合国军"和南朝鲜军共伤亡 7.9 万余人，突入阵地 9 公里，中朝方面占领 467 平方公里土地，结束秋季攻势。

秋季防御

毛泽东指导谈判战略

10月3日，毛泽东就关于更换谈判会址问题致电李克农并告金日成、彭德怀：

> 关于更换会议地址问题，经我们再三考虑，认为目前还应采用你们原先的主张，拒绝敌人这项无理要求，并准备与敌人拖一时期。因为敌人目前的政策是拖，我急他不急是无用的，到了敌人真想解决问题的时候，那时就可以扯拢了。因此，所拟复件，便可简单，对于未了事件的处理，既不取消，也暂不提，看对方如何反映（应）。复件现附上，可于10月4日上午送出。北京拟在4日晚广播，5日登报，请平壤亦同时发表。

10月3日，金日成、彭德怀复函李奇微，指出改变谈判地址没有任何理由，再次建议立即在开城恢复谈判。

10月4日，李奇微复函金日成、彭德怀，提出：

> 既然你们拒绝了我们所提在松贤里开会的建议，我们建议我们的代表团在一个你们所选

择的而为我们能接受的，大致位于双方战线之间的中途的地点会晤。

4 日，毛泽东致电李克农，并告金日成、彭德怀：

> 志愿军方不宜再次拒绝更换地点，而应主动地提出在板门店恢复双方代表团的会议，并在会议上成立有双方代表参加的机构，来规定关于板门店会议地区由双方负责巡逻保护的严格协议，并保证此协议的执行。

6 日，金日成、彭德怀复信李奇微，提出在板门店恢复双方代表团会议。

7 日，金日成、彭德怀对李奇微 4 日来函作出答复，指出对方破坏开城中立区协议的事件绝不是迁移会议地址所能逃避的。

同时指出，目前的问题应该是立即恢复停战谈判，并在双方代表团的会议上，严格规定关于会议地区中立化及会场安全保障的协议，使过去这类违协事件不再重犯，尤其是要使双方对这个协议负责，再不容许像过去那样只用来约束一方，而另一方可以借口对该地区没有责任而肆意破坏和抵赖。为此建议：

> 停战会议地区中立范围，应该扩大成为将

开城和汶山都包括在内的一个长形地区，而将会场地址移至板门店，并由双方负责保护这一会场地址。

8 日，李奇微复信金日成、彭德怀，同意会址设在板门店，并建议双方联络官于 10 日会晤，讨论恢复谈判事宜。

10 月 9 日，毛泽东致电李克农，并告金日成、彭德怀，就中立区范围扩大提出两个方案：

1. 开城至板门店至汶山划为一个长形中立区，即沿这条大道两侧各划 3 英里为中立区；

2. 以板门店为中心，划周围 5 英里为中立区，而由开城至汶山至板门店的两条走廊两侧各划 3 英里为中立区。估计对方可能较易接受后一方案。

10 日，朝鲜停战谈判双方联络官在板门店会晤，商谈双方代表恢复谈判的条件。"联合国军"方联络官提出：

只能保证新的会议地址周围一个小的中立区和开城、汶山通往板门店的公路不受攻击。

实际上是仍要保留对开城中朝代表团驻地的空中威胁。鉴于以往事件的教训，中朝方坚持开城、汶山间中立区范围应扩大，以保证停战谈判得以在不受干涉的情况下进行。

周恩来在《从朝鲜战场抽调30万部队到东北整训的方案》报告上批示：

> 此方案可予同意，请主席批示。

毛泽东11日批示：

> 同意，退周办。

12日，周恩来为毛泽东起草的致李克农的电报指出：

> 在联络官会议上可以相机表示，扩大中立区问题应由代表会上正式讨论，但为准备代表会的讨论，不反对在联络官会上就此问题非正式地交换意见。

毛泽东在此电报上加写一段话：

> 这样转弯比由金、彭出面转弯要好得多，并且以早一点转弯为宜。

13 日，毛泽东致电李克农，并告金日成、彭德怀：

你们对于敌机此次扫射事件的处理甚妥。不论敌方明日公开承认错误并道歉或抵赖，你们除对其抵赖措辞应据实予以严正驳斥外，尚不忙表示最后态度，在明日联络官的会议上仍坚持你们提出的协议草案。

14 日，毛泽东以中共中央名义致电志愿军党委，告知 1951 年 9 月 20 日电报已收到，并认为志愿军党委对朝鲜问题的总方针是正确的。电文说：

邓华现来北京，中央已将最近关于志愿军战略方针，节约兵力，节约资材，节约经费及海岸迫近敌人可能在登陆处筑工事等项决定告诉了他，由他向你们转达。希望你们联系实际情况规定具体执行方法，争取朝鲜战争的最后胜利。

中央对于志愿军全体同志在志愿军党委和彭德怀领导下进行了一个整年的英勇奋斗，取得了很大的胜利，表示欣慰与慰劳。

目前的任务，是用一切努力争取最后胜利。目前国内情况很好，全党及全国人民热烈支援。

国际形势也于我们有利，"联合国军"困难甚多。我们也有困难，有些是很大的困难，但是可能克服的。只要同志们继续努力，并和朝鲜同志始终团结一致，最后胜利是可以取得的。

15日，毛泽东致电李克农，并告金日成、彭德怀：

同意在16日的联络官会议上，志愿军方主动提出划汶山半径5英里为中立区的提案，并作为临时协议样式交与对方，以期打开僵局。但在准备转弯时，应相机说明汶山、开城应处于同等地位。

16日，毛泽东致电李克农，并告金日成、彭德怀：

对方很怕汶山划成与开城同样大的中立区，使汉城门户洞开，而开城中立区协议又束缚其空军行动。因此，对方在复会条件上的争执，中心是缩小开城和汶山的驻地范围，不设中立区，只规定不进行任何武装行动。显然，这是企图在必要时得以继续其破坏行动，以便进行威胁。因此，请你们考虑在主动提出划分汶山半径5英里为中立区成立临时协议时，应说明双方代表团驻地的范围大小可以提交代表团会

秋季防御

议上去斟酌，但双方驻地与板门店之间的通道范围决不能只限于公路止，必须在两侧划出一定范围，任何敌对游击活动都应停止，否则双方人员来往的安全无保障。

17 日，毛泽东致电李克农，并告金日成、彭德怀：

目前的争执，如果不由志愿军方转弯，"联合国军"是很难转弯的，而这些转弯较之于迁移会址至板门店来说，又属于次要性质的了。

18 日，毛泽东致电李克农，并告金日成、彭德怀：

目前志愿军方在联络官会议中的方针，应是迅速促成复会，态度是既不急也不拖，而要适时地主动提出双方可以接受的办法，以解决一些枝节上的问题。

21 日，志愿军空军第三师在代师长袁彬、政治委员高厚良率领下开赴安东前线与志愿军空军第四师换防，参加与美军空战。该师在朝参战 80 天，共击落美机 55 架，击伤 8 架。

22 日，毛泽东致电李克农，并告金日成、彭德怀：

为了不使对方作歪曲宣传，明日应发表南日复乔埃信，在信中说明：

为不使过去破坏协议事件再行发生，我方代表团授权批准双方联络官业已取得的 5 项共同谅解，在双方代表团复会之日立即生效。

次日，南日复信乔埃，建议 25 日恢复双方代表团的谈判。10 月 22 日 10 时，双方联络官终于达成了关于双方代表团复会事宜的协议，主要条文为：

1. 代表团在板门店附近复会的具体地点。

2. 会场区是以会场为中心，以 1000 米为半径的圆形区域。

3. 对于如上规定的会场区，双方一切武装人员，包括陆、海、空的一切正规与非正规部队武装人员，均不得进行任何敌对行动。

4. 双方武装人员除规定的军事警察外，不得进入会场区。会场区内的安全与秩序的维持，由双方各派由两名军官和 18 名士兵组成的军事警察队，协助此项任务的执行。代表团人员在会场内期间，双方的军事警察在会场区内各留驻一名军官与 5 名士兵。军事警察所佩带的武器限于小武器，即手枪、步枪、卡宾枪。

5. 双方代表团及其组成人员，不得自由进

秋季防御

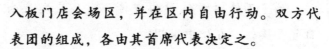

入板门店会场区，并在区内自由行动。双方代表团的组成，各由其首席代表决定之。

6. 关于谈判会议及会场区所需的物资设备及通信与行政事务的安排，由双方联络官协议之，中朝代表团方面负责供给适当的共用设备，以作双方代表团、会议场所之用，并负责会议室内之布置。除此之外的设备，由双方代表团自备。

7. 对于以开城交通中心为圆心，3英里为半径的圆形区域，与以3英里为半径，圆心位置如附图所示的圆形区域内的"联合国军"代表团以及开城、板门店、汶山通道两侧各200米的地区，双方一切武装力量，包括陆、海、空军的一切正规与非正规部队与武装人员，不得进行任何敌对行动。

8. 双方代表团复会日期与时间，由双方联络官协商决定。

同时，还达成了《双方联络官的共同谅解》，共5条：

1. 协议中武装力量一词，仅包括双方控制下或公开暗地唆使的武装部队与武装人员。当双方调查中所发现的事实在合理的范围内，无可置疑地证明了任何一个案件的负责人员属于一方控制下或为一方所公开或暗地唆使者，该方不得推诿其责任。

2. 对于报称违反协议事件的调查，将按过去联络官的惯例进行。

3. 双方联络官间关于双方代表团复会事宜所达成的协议，将作为双方代表团所将确定的整个停战谈判期间的全面安排的协议有关部分的草案。

4. 整个停战谈判期间安全安排的协议，经由双方代表团决议后，将代替一切既往的安全协议及关于开城会场区和中立区的协议。

5. 除在气候条件与技术条件无法控制的情况下，双方军用飞机均不得飞越板门店会场区上空。"联合国军"军用飞机不得飞越开城区及开城区至板门店会场区通道区域的上空。朝鲜人民军及中国人民志愿军的军用飞机不得飞越汶山区至板门店会场区通道区域的上空。

10月23日，毛泽东在中国人民政治协商会议第一届全国委员会第三次会议开幕词中指出：

全中国人民在抗美援朝运动中空前广泛地团结起来，向着美帝国主义的侵略势力进行了

秋季防御

坚决的斗争。

中国人民志愿军代表着中国人民的伟大意志，与朝鲜人民军一道打破了美帝国主义企图侵占朝鲜民主主义人民共和国，并进而侵入中国大陆的狂妄计划。从而鼓舞了朝鲜、中国、亚洲和全世界爱好和平的人民，使他们增加了保卫和平、反对侵略的信心。

10 月 23 日，周恩来在中国人民政治协商会议第一届全国委员会第三次会议上作政治报告，指出：

中国人民在抗美援朝的正义战争中，全面地加强和巩固了自己。美国政府挟制着联合国大多数在今年 2 月 1 日通过了荒谬无耻达到极点的诬蔑中国为"侵略者"的决议案。

继这个决议案之后，联合国大多数又在美国挟持之下，通过了对中国禁运的决议案。愚昧无知的美帝国主义者满以为"封锁"和"禁运"一定能给中国以沉重的打击，但是他们完全错了。

帝国主义者的"封锁"和"禁运"，正好被我们用以肃清中国经济中的半殖民地的依赖性，缩短中国在经济上获取完全独立自由的过程，加速了打击帝国主义者在中国的经济特权的进程。

中国人民在抗美援朝运动中同时顺利地、彻底地肃清了美帝国主义者对中国多年来的文化侵略活动，并逐步肃清亲美、崇美、恐美的思想。这一切对于中国的国家和人民都是非常有利的。

24日，双方首席代表交换信件批准了协议与谅解的事件，并提议第二天举行正式会谈。

同日，毛泽东致电李克农，并告金日成、彭德怀：

关于停战问题，我方在复会后的第一次会议上可主动提出由双方各提一个可以接近并准备对方考虑的新的分界线。

如果对方同意，我方即可提出依照现有战线加以调整的方案。

中国人民保卫世界和平反对美国侵略委员会副主席彭真，在中国人民政治协商会议第一届全国委员会第三次会议上作《关于抗美援朝保家卫国运动》的报告。报告说：

一年来，中国人民在后方的抗美援朝爱国运动，和志愿军在前线的作战相配合，也已经取得了伟大的成绩。

全国的群众参加了抗美援朝的斗争，这些群众包括工人阶级、农民阶级、小资产阶级和民族资产阶级，包括各民族各种宗教信仰者，全国已经有70%至80%的人口，参加了抗美援朝的爱国运动。

到处出现了母亲送儿子、妻子送丈夫、兄弟争入伍的可歌可泣的事迹。

有成千上万的农民和运输工人志愿赴朝担任战地各种勤务工作。医务工作者志愿组织了50多个医疗队到朝鲜前线，为志愿军和朝鲜人民军服务，已经有几百万件的慰问信、慰问品、慰问袋送到了前线。

截至10月18日，仅四个半月的时间，就捐献了相当于2618架战斗飞机的金钱，即3927亿元。

全国已有58万的青年学生和青年工人，志愿报名参加各种军事干部学校，现在志愿军们一切都准备好了，只要命令一下，要人有人，要钱有钱，要什么有什么，这代表了中国各阶层人民的意志和心情，是志愿军所能取得最后胜利的保证。

中国人民政治协商会议第一届全国委员会第三次会议作出《关于抗美援朝工作的决议》：

继续动员中国的人力、物力、财力支援朝鲜前线的中国人民志愿军和朝鲜人民军；大规模地开展爱国增产节约运动，加强抗美援朝和国家建设的力量，完成和继续扩大捐献武器运动，普及和深入爱国公约运动。

　　10月25日，中断了63天的谈判重新恢复，地点选择在板门店。志愿军政治部主任杜平，奉命参加中朝方停战代表团，参与停战谈判第四项议程战俘问题的准备工作。

　　复会谈判新址自开城移到板门店，是因为开城属中朝控制区，美方要求把新会址迁到不在任何一方单独控制下的地区，而板门店恰好位于朝鲜半岛的"三八线"中间，从而被双方所接受。

　　当时谈判室就建在军事分界线上，谈判桌的中线即为军事分界线，双方谈判代表从各自的门进出，坐在各自的一方椅子上而不越分界线，这是世界史上没有先例的特殊谈判方式。

　　朝鲜停战谈判在板门店复会，继续进行第二项议程讨论。中朝方宣布以边章五代替邓华任志愿军首席代表，以郑斗焕代替张平山为谈判代表。对方李亨根接替白善烨，特纳接替克雷奇。

　　29日，志愿军党委在成川东南桧仓召开由各兵团、志愿军后勤司令部、各军及有关部门领导参加的高级干

部会议。会议至 31 日结束。

会议主要是传达贯彻中共中央关于精简节约的方针，并研究部署了志愿军整编工作。主要缩减四类人员：

一是建制属于志愿军但由国内供应的单位，如各级教导队、待装的徒手炮兵、新兵补训团等；

二是需处理的编余人员和老弱病残人员；

三是建制调回国的，如第二十三兵团，第十六军四十七师，配属第二十三兵团修机场的补训师；

四是战勤人员，如民工、工作队、工程队等。

志愿军各机关、部队于 11 月 15 日前后开始整编。至 12 月底基本完毕。通过整编，达到了精干机关，充实连队，提高部队战斗力的要求。

志愿军空军政治部制定统一的飞行员战时立功标准。标准规定：

凡击落敌机一架者为二等功，击落敌机两架者为一等功，击落敌机三架以上者为特等功；凡击伤敌机一架者为三等功，击伤敌机两架者为二等功，击伤敌机三架者为一等功。

毛泽东致电李克农，并告金日成、彭德怀：

> 双方接触线确定后，我方即应主动提出就地停战稍加调整的方案。望根据志愿军司令部所告的双方前沿位置线，拟出你们的调整方案，于今晚电告，以便先行考虑，预做准备。

志愿军领导发出指示：

> 11月、12月，特别有利情况除外，不准备进行全线大反攻战役。

> 12月以后，志愿军全线转入巩固阵地作战，第六次战役自行取消。志愿军司令部发出关于加强开城地区防御部署的指示。之后，志愿军第六十五军加强了开城以西及临津江以西的兵力，第六十三军亦进至开城东北长和洞、华藏洞地区，准备协同第六十五军抗击敌人向开城的进攻。

10月30日，志愿军进行局部反击作战，至11月底结束，先后对"联合国军"营以下兵力防守的26个目标进行了34次反击，全歼"联合国军"两个营、13个连、5个排，大部歼灭"联合国军"6个连，共毙伤俘"联合

秋季防御

国军"一万多人，攻克"联合国军"阵地 21 个，有力地配合了停战谈判斗争。

10 月 31 日，毛泽东致电李克农，并告金日成、彭德怀：

> 同意 30 日来电所提我方应于 31 日主动提出就地停战稍加调整的原则的意见。如果对方坚持其 10 月 25 日提出的方案，我们应当在当时或下午会议中予以严正的驳斥，揭露对方反对就地停战，划分军事分界线，而仍图深入志愿军方战线后方的阴谋，逼使对方在志愿军们的方案上达成协议。

参考资料

《抗美援朝的故事》 贺宜等著 启明书局

《抗美援朝战场日记》 李刚著 解放军文艺出版社

《中国人民志愿军征战纪实》 王树增著 解放军文艺
  出版社

《王平回忆录》 王平著 解放军出版社

《抗美援朝纪实：朝鲜战争备忘录》 胡海波著 黄河
  出版社

《血与火的较量：抗美援朝纪实》 栾克超著 华艺出
  版社

《烽火岁月：抗美援朝回忆录》 吴俊泉主编 长征出
  版社

《伟大的抗美援朝运动》 中国人民抗美援朝总会宣传
  部 人民出版社

《开国第一战：抗美援朝战争全景纪实》 双石著 中
  共党史出版社

《我们见证真相：抗美援朝战争亲历者如是说》 杨凤
  安 孟照辉 王天成主编 解放军出版社

《志愿军援朝纪实：有关抗美援朝的未解之谜》 李庆
  山著 中共党史出版社